U0727841

愿你今天
所有的努力，

都是明日
幸运的铺垫

苗君甫◎著

花山文艺出版社

河北 · 石家庄

图书在版编目（CIP）数据

愿你今天所有的努力，都是明日幸运的铺垫 / 苗君甫著. --石家庄 : 花山文艺出版社，2019.9（2024.1重印）
ISBN 978-7-5511-4858-0

Ⅰ. ①愿… Ⅱ. ①苗… Ⅲ. ①随笔－作品集－中国－当代 Ⅳ. ①I267.1

中国版本图书馆CIP数据核字（2019）第169298号

书　　名：愿你今天所有的努力，都是明日幸运的铺垫
YUAN NI JINTIAN SUOYOU DE NULI DOUSHI MINGRI XINGYUN DE PUDIAN
著　　者：苗君甫

责任编辑：温学蕾
责任校对：李　鸥
封面设计：刘红刚
美术编辑：胡彤亮
出版发行：花山文艺出版社（邮政编码：050061）
　　　　　（河北省石家庄市友谊北大街330号）
销售热线：0311-88643221/29/31/32/26
传　　真：0311-88643225
印　　刷：三河市天润建兴印务有限公司
经　　销：新华书店
开　　本：880mm×1230mm　1/32
印　　张：8
字　　数：190千字
版　　次：2019年9月第1版
　　　　　2024年1月第2次印刷
书　　号：ISBN 978-7-5511-4858-0
定　　价：49.80元

（版权所有　翻印必究·印装有误　负责调换）

目　录

第六辑　在时光中，一步步成为自己喜欢的模样

第七辑　红尘情事，为爱我愿意对抗整个世界

做一个思想独立的女子，傲然于世

那些不在乎仪式感的人，日子是怎样的？

1

周末，阳光明媚，接孩子回家的路上，去花卉市场给自己买了一束太阳花。

抱着花回来进单元楼，碰到 17 楼的阿姨，阿姨问我："买这干啥？不能吃不能喝的，还不如买点菜呢。"

我笑笑，并没有辩解。

其实，阿姨已经不是第一次这么说我了，节俭的老人们一般都喜欢实惠、有用的菜，却不喜欢奢侈、无用的鲜花，我理解阿姨的说法，但我坚决不改。

因为每周给自己买一束花，是我最重要的仪式感之一。

仪式感到底是什么？

我还记得《小王子》里小王子和狐狸之间的对话：

小王子问狐狸："仪式是什么？"

狐狸说："它就是使某一天与其他日子不同，使某一刻与其他时刻不同。"

多精辟的总结啊。

一束花就是让我的周末和其他工作日不同的最美妙的提醒，以这束花为界，工作日的所有烦恼和忙碌、不安和无序都远远地隔在门外，周末的所有愉悦和期待、兴奋和欢乐都暖暖地握在手中，这么美妙的体验，我才不会不舍得买花呢。

除了买花，我还喜欢在阳台上捯饬。

有时候是浇花，浅蓝色的浇花壶，有小小的壶口，细细密密的水线，非常温柔地洒向那些花儿。

有时候是松土，手执一柄小铲，用最细腻的心，很容易就可以把花盆里的土弄蓬松。如果在花盆中发现一片新长出的嫩绿小叶芽或者一朵淡雅美丽的小花，就更好了，不知不觉中，劳累和疲倦便慢慢地消退了。

这对我都是很重要的仪式感，它让我的生活充满趣味也生机盎然。

我身边有个不注意仪式感的朋友一凡，跟我的观念完全相反。晚上她晒自家的晚餐：糖醋小排、麻婆豆腐、可乐鸡翅、香菇肉片、蚝油生菜……

荤素搭配，看着很让人眼馋，可是她装菜的器皿，有超市的赠品塑料盆、有带豁口的碗、有搪瓷缸、有玻璃碗，还有几个颜色大小都不一样的盘子。

总之一句话，家里可用的家什都拿出来用了。

菜是好菜，也许色香味俱佳，但因为缺少品尝美食的仪式感，好像菜的味道都打了折扣一样，引不起朋友圈看图人的兴趣，点赞者寥寥，同样也勾不起屏幕这端我的馋虫。我忍不住提醒她："你就不能买点好看的盘子吗？"一凡大手一挥，无所谓地说："只要有东西装菜就行，在乎盘子有什么用？！"

除了餐具不讲究以外，一凡养花也是就地取材，器具多种多样，有泡沫箱子，有茶杯、有脸盆，还有贴着标签的空油壶……

我说去买几个花盆吧，花盆又不贵，能增加生活的愉悦感呢。

一凡说："我没那么讲究，将就养养就行了，在哪儿养都是养，何必去花那不必要的钱？"

我坚决反对她的观念，坚持认为盘子和花盆是最不应该节省的一种存在，其实一凡的家庭条件也可以，根本不是买不起花盆和盘子的人，她所谓的"不舍得花不必要的钱"只是她不讲究的托词而已，只是她不在乎仪式感的折射而已。

讲究仪式感，根本不会让生活窘迫，盘子和花盆也不可能影响家庭财政，但一凡却主动选择了将就，自觉把自己的生活质量降低，也让我们不约而同不想去她家，因为讲究和将就的距离是一个天与地的距离，中间隔着女主人的生活态度和经营能力，讲究的生活妙趣横生，而将就的生活面目可憎。

❷

除了生活需要仪式感，婚姻也需要仪式感。

不信，你可以问问，身边对婚姻失望，甚至绝望的人，为什么会对婚姻不再满意、为什么会对爱人不再满意，其实有一大部分原因是没有仪式感。

都已经结婚了，又不是谈恋爱的时候，还送什么玫瑰啊？

都成孩子的爸妈了，就不用搞那些虚花样了，还烛光晚餐个啥啊？

都成一家人了，钱就在家里放着，想买啥自己去买好了，还用得着我给你买吗？

忙工作都忙不过来了，就别让我在挑选礼物、记住纪念日上浪费精力了，好吗？

老夫老妻了，你又不是我情人，还去什么电影院啊，在家看电视就行了。

……

这些话，很熟悉吧？

可能很多不在乎仪式感的夫妻都有过这样的时刻，都曾经说过这样的话，他们总以为结婚就相当于进入了爱情的保险箱，永远不会有变数，所以不值得浪费精力去经营，不值得费尽心思送惊喜，更不值得千方百计玩浪漫。

可惜，这么图省事的后果却是平淡的生活再也没有任何涟漪，凡俗的婚姻再也没有任何惊喜。

谁不是满怀希望地步入婚姻的呢，谁不是满怀期待浪漫与爱情并存呢，可是生活压力这么大，鸡零狗碎的琐事那么多，平淡婚姻带来的失落感，可能会让那些天性浪漫的人承受不了落差，很多人做了夫妻后，忘了怎么去爱；做了父母后，忘了怎么做夫妻，婚姻的仪式感就是这么美妙的存在，可以解救我们于水火。

一束花、一杯茶、一件衣服、一个亲吻……并不会浪费多少精力，但它却是婚姻的一种点缀，虽然看似没用，但却是最不可缺少的重要部分，它让我们暂时从柴米油盐的生活中逃离出来，让我们再一次重温恋爱的甜蜜。

这些美妙的仪式感，提醒我们珍惜走进婚姻的不容易和婚姻开始时的承诺；这些美妙的仪式感，也能化解漫长琐碎一生中的烦恼和焦虑，提醒我们在柴米油盐娃之外，在为生活奔波忙碌之外，还有诗和远方。

❸

其实，生活的仪式感和婚姻的仪式感，并不是奢侈品，我从来不觉得它们必须和金钱有关，我更不认为它们必须和奢华挂钩，但它一定和热爱生活、尊重婚姻的那颗心有关。

有生活仪式感的人总会给人清新的感觉：

晨练路上摘下的一把狗尾巴草配了绿叶插在青花瓷的花瓶里，妖娆生姿；

几株铜钱草种在小瓦罐里，对着太阳，娇羞含笑；

餐桌上的餐巾纸，轻轻一折，是马蹄莲花的形状；

……

虽然都是随手可得的小物件，但却是家居的最好装饰，生活不慌不忙地优雅着，把自己活成喜欢的样子。

有婚姻仪式感的人总会给人婚姻甜蜜的印象：

每个月例假的那几天，不允许爱人碰一点儿凉水；

每天下班回家，给对方一个温暖的拥抱；

每天早晨醒来，给对方一个开心的笑容。

……

虽然一点儿也不昂贵，但却是婚姻的最好诠释，提醒我们生命中最重要的时刻、生命中最该珍惜的人。

我们需要这样的仪式感来表达在乎和珍惜，更需要这些仪式感来拥有温暖和爱。

仪式感并不昂贵，但却能给自己和家人带来美好的瞬间和愉悦的享受。

有仪式感的人，不会让自己的生活潦草而敷衍，更不忍心让自己粗枝大叶地活着，他善于发现生活中的每一点快乐，并用巧手装扮它。

有仪式感的人，更不会让自己的婚姻沉闷而无趣，更不忍心让爱人日复一日地失望，他善于经营婚姻中的每一个惊喜，并用真心拥抱它。

真的，请你相信我，仪式感真的很重要。

人生素语

　　生活需要仪式感，它使某一天与其他日子不同，使某一刻与其他时刻不同。仪式感跟矫情无关，它代表着对生活的热爱、对幸福的敏感和对自己的优待。生活的仪式感和婚姻的仪式感，都不是奢侈品，它和金钱无关，但它却和热爱生活、尊重婚姻的那颗心有关。仪式感有神奇的魔力，提醒我们在柴米油盐之外，还有诗和远方，在家长里短之外，还可以心在海天之上。仪式感可以抚平生活的褶皱，可以荡涤庸俗的烦恼，让日子活色生香，让幸福不再灰头土脸。

为什么说人到中年活成了一部《西游记》？

①

"妈妈，你怎么像唐僧一样唠唠叨叨的？"闺女说出这句话的时候，我明显愣了一下。

我刚看着她练完琴，她自己收拾琴谱的时候，我说："每天阅读半个小时的计划，今天还没有完成，赶紧收拾好琴谱，妈妈和你一起去读书……"

我的话还没有说完，闺女就嫌弃我像"唐僧"一样唠叨。

突然想起前段时间在网上看到的段子："人到中年，感觉自己活成了一部《西游记》：悟空的压力、八戒的肚子、沙僧的发型、唐僧的唠叨，九九八十一难一个都不能少，关键是离西天越来越近了！"

当时看到这个段子的第一瞬间，忍不住笑出声来，再看第二遍，忍不住拍案叫绝，可不是吗？

哪个中年人的人生不是一部《西游记》呢？不仅有悟空的压力，也不得不有了八戒的肚子、沙僧的发型、唐僧的唠叨。

②

取经路上，孙悟空是不折不扣的一家之主，不仅要保护唐僧不被妖怪抓走，还要保证两个师弟不被困难吓倒；不仅要打通从上到下的关节，还要处理层出不穷的麻烦。

当师弟们惊慌地说："大师兄，师父被妖怪抓走了！""大师兄，师父不见了！"

悟空必须云淡风轻、志得意满地一拍胸脯："有俺老孙在呢！"

上天见神仙、下地抓妖怪、龙潭斗恶龙、虎穴闯天下……大事小情，都需要悟空来做主；大灾小难，都需要悟空来解决，悟空的压力可想而知。

人到中年，我们也同样面临悟空的境况。作为一家之主、家庭栋梁，上有老下有小，不能病、不敢死。

老父生病做手术，需要你决定去哪家医院最放心；小儿适龄要入学，需要你决定哪所学校最合适；安家落户买房子，需要你决定买哪个楼盘最靠谱；家庭理财讲收益，需要你甄选哪种理财方式最合理……

大事小情，都需要中年人面对、处理、解决，我们和悟空一样压力山大。

保家庭周全、护亲人安康、佑孩子健康，责任全在顶着"悟空压力"的中年人身上。

而八戒最明显的特征，除了他的招风大耳，就是他大大的肚子。

从来不忌嘴，见啥吃啥，人参果都是囫囵一口吞下去，吃完还抱怨没品出味儿来。

不管到哪里化缘，第一个抢过就吃的永远是八戒，白骨夫人变化的村妇送的"点心"，八戒也差一点儿抢过来就吃。

毫无烦恼、绝无压力，八戒的肚子开始凸显起来。

人到中年，吹弹可破的肌肤、玲珑有致的身材也渐渐变了，很多媒体形容中年人用的形容词是油腻。

生孩子之后，我的肚子也越来越像八戒，超显瘦的上衣，穿不了，瘦版的裤子，穿不上。

我开始不得不重视一个词"中年发福"，渐渐明白，中年人想要保持良好的身材，付出的努力要比年轻的时候更多。

仿佛不经意间，饭一口一口吃进去，饭局一个一个参加完，肉也就一两一两地长在了身上。

沙僧本是天宫的卷帘大将，只因在蟠桃会上打碎了琉璃盏，惹怒了王母娘娘，就被贬入人间，跟着取经人之后，沙僧一心一意、小心翼翼地挑着担。

除了劝服容易被妖精忽悠的唐僧听大师兄的话之外，还要说服二师兄放弃回高老庄"老婆孩子热炕头"的念头。

小心翼翼地保护着取经路上的通关文牒和师徒四人的行李包袱，沙僧同样责任重大、操心很多。

人到中年，我也担心过自己的脱发，虽然跟别人调侃时，会说"我虽然没有脱贫，但我脱发了"，但在心里知道，调侃背后有深深的忧虑。

洗头时，头发从指缝中一根根溜走；梳头时，头发从梳齿中一根根落下，伸手想要挽留它，却发现它已经轻悄悄地逃离。

加班熬夜拼未来、拨冗应对讨生活，忧虑有余、睡眠不足，头发真的一天天变少了。

唐僧是最唠叨的一个，确定是妖怪的，劝人家放下屠刀、立地成佛，从此不要伤害生灵。不确定是人是妖的，让悟空上查下溯、追根溯源，查出到底师从何门。

镇远大仙的徒弟清风、明月请他吃人参果，他一直念佛"拿走拿走，出家人怎么能吃小孩子呢"，唠唠叨叨一大堆。

唐僧有说不完的话、讲不完的道理、发不完的感慨、念不完的经，不管别人能不能听进去、不管别人能不能听懂，都要唠叨。

人到中年，我也渐渐发现身边的同龄人越来越唠叨了：

提醒父母注意身体，不要只想着省钱，这不舍得吃那不舍得喝；

提醒爱人少参加饭局多锻炼身体，尽量少喝酒，该注意的养生还是要重视；

提醒孩子坚持阅读，一个小习惯将来会带来大收获；

提醒最爱的朋友注意调节，不要让负面的情绪霸占自己的生活太久……

关心的事情这么多，在乎的亲人这么多，珍惜的朋友这么多，需要说的话那么多，我们真的开始像唐僧一样唠叨。

有段时间，"中年人"这个词特别火："人到中年不如狗""如何避免成为一个油腻的中年人""最厌不过中年人""怎么保护脆弱的中年人"……

各种各样写中年人的稿子，都在述说中年人的压力、中年人的脆弱、中年人的重负，就像没有看到阴影背后的阳光一样，只看到中年人的压力，弱化中年人的幸福是片面的。

3

活成一部《西游记》的中年人，同样有活成《西游记》的精彩。

人到中年虽然有悟空的压力，但一家老小都依赖自己的感觉很真实，真切活着的感觉很充实。

铁肩担责任、妙手过生活，中年人有悟空的斗志，面对困难从不言弃、面对麻烦从不抱怨，保持不绝的动力和永恒的斗志是中年人最难得的品质。

人到中年虽然有八戒的肚子，但良好的心态、善于调节气氛、凡俗琐事中善解风情同样很难得。

记得以前有过一个调查："师徒四人，你愿意嫁给哪一个？"大部分人选择的都是八戒。

面对枯燥无味的取经长路，面对层出不穷的妖怪，八戒的乐观心态同样至关重要。

人到中年虽然有沙僧的发型，但也有沙僧的执着和沉稳。

取经路上，再苦再难沙僧都没有动摇过，不仅自己心无旁骛，还要一路上劝服动不动就要分行李、回高老庄的二师兄。坚定执着眼前的目标，沙僧的沉稳起了很大作用。

人到中年虽然有唐僧的唠叨，但也有唐僧的定力。

取经路上，不想吃唐僧的女妖，都想嫁给他，但他从来没有动过凡心，即便美艳如女儿国国王，他也能毅然决然地拂袖而去。

面对诱惑毫不动摇、面对考验坚决顶住，定力在当前的纷繁纷扰中功不可没。

所以，人到中年，活成一部《西游记》又怎样？

人生的任何阶段都可以很美，青春年少的时候是美丽的，不惑岁月的时候同样是美丽的。

我们所应该做的，只是镇静地注视着自己的年龄，遇到的人，善待；经历的事，感恩；爱着的人，珍惜。

然后，用最平和的心态走过每一天，用最果敢的态度面对人生的九九八十一难，用最坚毅的信念取得生活的真经。

人生素语

　　人到中年这部《西游记》，即使压力山大，依然别有精彩。都说中年是危机，但中年也可能是转机，取经路上遇到的各路妖怪，人生路上遇到的形形色色的人，看似设置了生活的难度，但它同时增加了人生的厚度。取经路上虽然历尽苦难，但也最终取得真经；人生旅途虽然曲曲折折，但也最终柳暗花明。甘之如饴还是痛不欲生，其实就在一念之间，关键看你怎么想。有些心情，只有到了中年才懂；有些心结，只有到了中年才解；有些境界，只有到了中年才悟。

"改天"到底是哪天?

1

朋友浩子做店铺推广,让我帮忙写文案。坦白说,文案我接触得并不多,之前也没有系统学过,但既然浩子开口了,我还是应承了下来。

查资料、听微课、列提纲……从文案的入门到店铺产品的了解,从提纲的修改到文案的润色,我反反复复修改五六遍之后,才把文案发给浩子。

浩子很快就把电话打过来:"谢谢帮忙啊,文案很满意,改天我请你吃饭啊。"

我说:"不用改天了,就今天吧,今天我刚好有空。"浩子有点儿为难:"今天啊,今天我还有展柜需要布置,脱不开身啊,改天吧!"

我继续问:"改天到底是哪天?你能确定是哪天吗?"

浩子明显有点儿错愕,但还是跟我敲定了时间:"这个周四,周四我有空,到时候约。"

我说:"好,周四我等你电话。"

浩子和我已经是十几年的老朋友了,我知道他不会因为我的"咄咄逼人"多想,更不会因为我"不识让"不自在,我只是想让他知道我现在对"改天请你吃饭"这句话有多么深恶痛绝。

其实，我并不在乎浩子一顿饭的感谢，也并不是故意为难浩子，我只是已经不想再用"改天"这个借口敷衍别人，更不想让别人用"改天"来搪塞我。

不知道从什么时候开始，"改天请你吃饭""改天一起聚聚""改天回家看你""改天一起去玩"……成了我们的口头禅，就像见面打招呼一样自然而随意，我们被"改天"忽悠，我们也用"改天"忽悠别人。

曾经以为来日方长，曾经以为未来可期，曾经以为"改天"可约，有很多时候，"改天"也并不漫长，而"改天"的遗憾可能会让人后悔终生。

2

两年前，领导安排我做财务。

一个从来没有学过会计、痛恨数字的人因为工作需要必须接触一项完全陌生的工作，说"强赶鸭子去上架"一点儿也不夸张。

账务审核、预算管理、支付业务、财务报表……所有的东西我完全陌生，根本无从下手。

我对着那一堆票据手足无措，不知道该怎么办。那天跟朋友毛毛吐槽："财务这活儿太难干了，我完全找不到北，这几天因为这事我都快抑郁了。"

毛毛说，他有一个朋友是会计专业，可以介绍给我认识。于是，我通过毛毛认识了桃子。桃子果然是专业的，而且人很好，从耐心教我入门到手把手教我程序，甚至有些时候她还陪着我加班，只是为了在我做得不对的时候及时提醒并指点我修改。

我在桃子的帮助下，理顺了财务工作，干好了领导交代的任务。我很兴奋地打电话告诉毛毛，说："桃子帮我太多了，谢谢你让我认识桃子啊，改天我请你们吃饭吧。"毛毛在电话里快乐地回应："好啊，好啊，改天一起坐坐。"

只是我没想到，三个人想约一次饭居然那么困难，不是毛毛在外地出差，就是我有事走不开，或者桃子时间冲突，说好的"改天"居然半年多都没兑现。

我没有等到我们"改天一起坐坐"的机会，却等来了毛毛因病去世的消息。

得知确切消息的第一瞬间，除了泪流满面，我还狠狠打了自己耳光，这么多年，我从来没有因为哪件事这么痛恨自己，我对毛毛说出的再也兑现不了的"改天请你吃饭"，成了我最痛恨自己的理由。

毛毛已经去世两年了，但我一直保留着他的微信，没舍得把他从我的好友通讯录里删除，每次我打开他的头像，看着他笑得一脸灿烂的样子，我就止不住自己的愧疚和懊悔。

我一次次翻看他的朋友圈，看他走过的万里路、看他拍下的美景，西藏、唐古拉山口、可可西里、柴达木盆地……他发的朋友圈照片还在，而他已经永远不在了，我再也不能跟他吐槽工作中遇到的麻烦，再也不能当面感谢他帮过的忙，再也不能和他一起坐坐，再也不能看他笑得阳光灿烂的样子。

我曾经用该死的"改天"敷衍了他，遗憾的是我这辈子都没有跟他道歉的机会。

❸

席慕蓉在《小红门》中写过："这个世界上有很多事情，你以为明天一定可以再继续做；有很多人，你以为明天一定可以再见到面；于是，你暂时放下或者暂时转过身。你以为日子既然这样一天一天地过来，当然也应该就这样一天一天地过去。昨天、今天和明天应该没有什么不同。

"但是，就会有那么一次：在你一放手、一转身的那一刹那，有的事情就完全改变了。太阳落下去，而在它重新升起以前，有些人，就从此和你永诀了。"

年轻的时候，我们总以为交通方便、通信发达、来日方长、时间绵延无期，改天可以有很多很多天，下次可以有很多很多次，以后可以持续很久很久。想见谁是一件很容易的事，想爱谁是一件简单的事，想孝顺父母更是可以留待以后再做的事。

人到中年，才开始明白，生命来来往往，来日并不方长，有些人，一朝分别，再难相见；有些孝顺，一念而起，无法兑现；有些约定，一旦敷衍，终生遗憾。一放手、一转身的一刹那，足以让人懊悔一生。

想孝敬的人不在了，想感谢的人听不到了，想见面的人见不到了，我们许下的"改天"成了再也无法兑现的诺言。

当我对"来日并不方长"这句话有了切肤之痛，也开始对"改天"充满了敌意。因为"改天一起坐坐"只是随性而起的一句敷衍，诚意全无。

④

"改天请你吃饭";

"改天好好聊聊";

"改天聚一聚";

"改天一定回家";

"改天再说";

……

而这些话的潜台词不过是这样的:

改天请你吃饭——只是说最近没打算和你见面;

改天好好聊聊——只是说别说了,就此打住,挂电话吧;

改天聚一聚——只是说现在就转身,头也不回地分开吧;

改天一定回家——只是说我正忙着朋友圈点赞、忙着"艾特"别人,忙着可有可无的应酬,没想家……

改天再说——只是说这件事到此为止,别再跟我讨论了……

我们把太多太多的事情安排在了"改天"里,我们把太多太多的敷衍了事穿上了"改天"的外衣,可是时光有时会冷血到让我们再也没有兑现的机会,生活有时会残酷到让我们再也没有能力实现承诺,"改天"甚至意味着再也没有机会,"以后"意味着再也没有以后。

真的,别再拿"改天"敷衍别人了,也别再拿"改天"原谅自己了,活在当下永远是最重要的事。我们所能做的,只是多些真诚、少些套路，过好当下的每一刻。

有自己的理想，就现在努力争取吧，别改天了；

遇到心动的那个人，就真诚地去追吧，别以后了；

孝敬双亲，就现在努力做好儿女吧，别随后再说了；

别改天了，就今天吧；

别下次了，就这次吧；

别以后了，就现在吧！

人生素语

　　袁孝尼曾经想学《广陵散》，洒脱不羁、鄙视权贵的嵇康吝惜固守，总说"改天"再教，后来嵇康被杀，《广陵散》成为千古绝响。"改天"到底是哪天？"下次"到底是哪一次？"以后"到底是"多久以后"？生命来来往往，来日并不方长。我们曾经许下很多承诺，遗憾的是有些永远都没有办法实现。我们曾经有想过的生活、想学的本领和想要真心爱护的人，遗憾的是总在"明日复明日，明日何其多"中蹉跎。就从现在开始吧，不要用 "改天"让遗憾再现，让爱疏离、让幸福遥遥无期。

你评价别人生活的样子，暴露了你的修养

①

春节假期一结束，闺密桃子把女儿阳阳的古筝课停了，这下，亲戚朋友、七大姑八大姨都炸了窝。

要知道，阳阳小小年纪已经考完古筝业余级十级，接下来就可以考专业级，然后就可以考表演级，桃子这一个停课决定，怎么看都像是把阳阳的大好前程给断送了。

这个说："你怎么能这个时候停课呢？这不是'千里之堤溃于蚁穴'了吗？"

那个说："孩子不懂事，难道你也不懂事？现在受苦就是为了将来可以一步登天啊！"

这个劝："无论如何都要下狠心，虎父才能无犬子！"

那个哄："已经休息了一个假期了，完全可以继续上课啊！"

……

桃子说，这些日子被亲戚朋友的语言轰炸搞得疲惫不堪，恨不得生出一万张嘴求大家不要评论自己的决定，不要干涉阳阳的兴趣。

桃子说，阳阳学古筝学得并不开心，虽然被桃子逼着也会练琴，可是活泼好动的阳阳坐下来弹古筝鲜有耐心，却愿意自己苦

练民族舞的基本功，她真正的兴趣在跳舞上。

已经考过了十级还是没让孩子真正爱上古筝，何况本身自己也没有寄托让孩子成名成家的期望。

看阳阳学得那么痛苦，几经权衡，桃子才决定不让阳阳继续学古筝了，改让孩子学点儿她真正感兴趣的民族舞。

知道这个消息的阳阳开心得忘乎所以，抱着妈妈的腿撒娇："妈妈，您同意让我学民族舞了吗？您真的同意了吗？我终于可以不练古筝了吗？"

桃子说，阳阳当时的表情把她融化了，让她更加确信她的适时放弃是对的。

"为什么大家都爱评价别人的生活呢？他们不知道他们认为的前途不一定是我们的前途，他们认为的幸福也不一定是我们的幸福吗？！"桃子无奈地说。

桃子的话我深以为是。

❷

其实，我有桃子这个想法也不是一天两天了。

我喜欢写日记，记录自己认为值得记录的事件或者感受，后来很少用笔书写，但记日记这个习惯倒是保留下来了。

每天上班之外，我喜欢在电脑上写字。有些文字能发表能给我带来稿费收入，有些文字发表不了。

但我并不在意结果，我只在意写文字时心里的感受，文字对我的意义就像魔法棒，郁结可以排解，快乐可以加倍，思路可以捋顺，这就足够了。

对这些文字我并没有附加什么必须要兑现稿费的奢望，所以稿费对我来说就是生活对我的奖赏，哪怕仅仅收到 10 块钱的汇款单，我也像捡到宝一样，开心得忘乎所以。

可是我这点爱好对亲朋好友来说，是个无法接受的可怕事情。

这个说："有这时间，你干点别的不好吗？哪怕你去做个美甲，让自己精致一点儿也行啊！"

那个说："上班已经够辛苦了，还要写字来浪费脑细胞，何苦呢？"

这个说："写的东西又换不来钱，你浪费那时间干啥？"

……

我想说，不喜欢美甲难道有罪吗？

谁规定女人的闲暇时间只有美个甲这种方式？

喜欢自己写点儿文字难道有罪吗？

谁规定当不了作家的人就不能亲近文字？

喜欢汇款单难道有罪吗？

谁规定我不可以用自己可以支配的时间赚点儿零花钱？

可是这些话，我没有办法给所有人解释。

当我十指翻飞在键盘上敲敲打打，用文字记录美好的事物的时候，心情是那么的宁静。我记录生活中的点滴美好，记录感动自己的丝丝快乐，记录世间温暖的分分秒秒，留待老后做取暖的柴薪，并没有觉得有什么不好。

更美妙的体验在于，多年以后，当我衰老到很多事情都无法记起的时候，文字就是凭证，它可以让我重回昔日。

我可以在文字里努力寻找一种回忆，那不曾流逝的生活的痕迹会因为文字一点点复原，我可以凭借文字触摸到被记忆浸泡得如此柔软的心。

如果时光真的是一把会生锈的锁，但文字却能帮我锁住思念、锁住记忆、锁住美好、锁住流转的时光。

所以，文字对我是难得的幸福，我并不认为因为这个爱好错过了美甲、美容的时间很亏，我更不认为写字是一种煎熬，是一种需要被人同情的爱好。

所以，我也不希望别人指点我的生活，更不希望别人打击我的爱好。

3

所谓"子非鱼安知鱼之乐"，如果本人乐在其中，为什么一众看客却要痛心疾首地指责人家的生活？如果本人不以为意，为什么一群观众却要指手画脚地评断人家的决定？

遗憾的是，生活中总是有人在不经意间评价别人的生活，习惯用自己认为的幸福来评价别人的幸福，用自己的价值标准来衡量别人是不是值得，用自己的幸福观来丈量别人的幸福深度。

于是得出"你这样做很可怜""你现在这状况很差""你不应该这样子"之类的结论，苦口婆心地指点别人的决定，痛心疾首地纠正别人的偏差，志得意满地引领别人的未来，殊不知，你不是别人，你更不可能理解别人的生活，你不可能真正理解别人的喜怒哀乐，更不可能真正对别人的幸福感同身受。

也许你所认为的幸福对别人来说根本一文不值，也许你所认为的痛苦对别人来说甘之如饴，理解不同，怎能苟同？所以，最好的选择还是不要对别人的生活指手画脚、不要左右别人的决定、不要干预别人的生活，当然更重要的是不要惊扰别人的幸福。生活是人家的，路是由人家选择的，选择怎么走，其实跟你没什么关系。

你评价别人生活的样子，暴露了你的修养。一个人最大的恶意，是把自己的理解强加于别人，一个人最大的善意，是真心理解别人的幸福并祝福人家幸福。

人生素语

余秋雨曾经说过，成熟是一种明亮而不刺眼的光辉，一种圆润而不腻耳的声响，一种无须声张的厚实，一种并不陡峭的高度。成熟的人从不妄图揣测别人，睿智的人从不肆意指手画脚。你评价别人的样子，暴露了你的修养；你苛责别人的戾气，暴露了你的稚气；你一根手指指向别人，却有更多手指指向自己。曾国藩说"大处着眼，小处着手，群居守口，独居守心"，不要随意惊扰别人的幸福，不要任性妄议别人的决定，从不随便评价别人开始。

婚姻中最可怕的是放弃成长

1

葡萄这几天一个头两个大，除了哭就是闹，因为她老公范大力越来越嫌弃她，说话处处带着嘲讽，嫌她饭菜做不到色香味俱佳、带娃做不到培养陪伴两不误，甚至连出门都做不到"拿得出手"。

闺密面前，葡萄开启"祥林嫂"模式：

"当初我放弃工作照顾他爷俩，现在嫌弃我了？早干吗去了？"

"我为这个家付出这么多，范大力竟然开始嫌弃我！"

"我这几年啥都不要了，就安心守着家，现在就落得这下场！"

……

问题大家都明白，原因大家也清楚。

自从葡萄当初力排众议非要做什么全职主妇，我们就忧虑过这一天。

不是全职主妇不好，而是葡萄这种全职主妇非常不好。

从辞职在家，她就彻底放飞（哦，不，是放弃）自我：所有的爱好都丢弃了，每天除了瘫在沙发上刷抖音就是窝在被窝里追电视剧，时间呼啸而过，除了当时笑笑，什么痕迹都没有留下；以前优雅精致的衣服都不穿了，开始任性地选择宽松的睡衣，明明不到 30 岁的年龄，看起来却像 40 多岁；所有提升自我的课程或者运动都不再感兴趣，口头禅是"我一个家庭主妇，犯不着花这心思"，甚至连妆都懒得化了，更别提花心思调节生活。

我们都提醒过葡萄，这样下去不仅她老公会嫌弃，连我们这帮闺密都会觉得她"面目可憎"，没想到，葡萄完全把这些意见当耳旁风，依旧故我。穿着睡衣逛菜市场，贴着面膜下楼取快递，赘肉在不知不觉间叠加，嗓门在有意无意中升高，时不时跟我们说说东家长西家短，三句话离不开对门的婆婆和楼下的儿媳妇，离不开婆媳分歧和翁婿矛盾。

周末，姐妹们想陪葡萄散散心，约她出去逛逛，葡萄穿着睡衣就下楼了。我们集体抗议："你好歹也收拾一下，在家再随意，出门总得稍微注意下吧，我们都不想跟你一起逛街！"

葡萄一把掐断我们的话头："我又不用上班，哪像你们得注意形象，我现在怎么舒服怎么来，女人嘛，不能为难自己。"

屡劝无效的我们，眼睁睁看着葡萄自认为的"不为难自己"却"成功"地为难了婚姻，说实话，葡萄和范大力的婚姻走到这一步，葡萄有很大的责任。

❷

《我的前半生》里，名牌大学毕业的罗子君，听了老公"我养你"的鬼话后，安心地回归家庭，每天的生活除了逛街、美容，就是调查老公单位新来的女生。

朋友提醒她不要太相信男人，罗子君傲娇地说："他承诺过的，他会养我，不会离婚的。"

可是现实终究是残酷的，承诺永远爱她的老公坚决要求离婚。

幼稚地相信"爱情会永恒"这句鬼话，脑残地认为"我养你"会是一辈子的免死金牌，罗子君最大的悲哀其实不仅仅是对婚姻的变数没有提前抵御的能力，还在于听任自己在婚姻中被完全闲置，完全放弃了自我。

取个微信名字要听老公的喜好，老公质问生活的意义，她眼泪巴巴地说："我全部的生活意义不就是你给我定义的吗？"连老公要离婚，她还战战兢兢地问，是不是家里有什么是老公不喜欢的，慢慢换过来，都换成老公喜欢的样子就好。

直到婚姻失败都没想清楚原因，罗子君真够悲催的，但她的悲催不是全职主妇造成的，是放弃自我造成的。为了爱情放弃自我，为了婚姻抛弃理想永远是这个世界上风险最大的投资。

全职主妇从来不是卑微的职业；相反，我认为这个职业高危而又充满挑战性。从搭配三餐的营养师到宝宝成长的育婴师和承担教育重任的家庭教师，从老公的坚强后盾到双方家庭的黏合剂，从小家庭的女主人到大家庭的重要成员，全职主妇需要十项全能。可罗子君前半生进没能力跟老公分担职场的风风雨雨，退不能帮老公处理家庭的方方面面，活成罗子君，活该被离婚。

就像闺密劝罗子君的话一样，"两个人在一起，进步快的那个人总会甩掉那个原地踏步的人，不管离不离婚，你必须要具备自力更生的能力，那才是长久之计"。这句话不仅是婚姻相处的箴言，更是坚持自我的铁律。

③

婚姻中，最可怕的状态是放弃自我成长，以为进入婚姻就进入了保险箱，拥有婚姻就拥有了爱的长期供养，接受婚姻就等于确保了爱的永垂不朽。

其实，这世间，最靠谱的永远是自己，最值得投资的也永远是自己。女人的悲剧永远不是自己深爱的、为其付出全部的、甘愿退居其后的男人不愿意和自己继续过日子，而是男人突然表达离婚意愿之后，女人才突然发现自己竟然一无所有。

所以，任何时候都不要为了谁放弃自我，婚姻里最大的资本是独立、最重的筹码是成长，最牛的依靠是自我，最不应该错过的是自己，最理想的状态是不管何时都不要放弃经营自己。有感情当然更好，没有感情自己也可以有钱、有颜、精神富足，再坏也坏不到哪里去。

人生素语

最圆满的婚姻关系是在成就对方的同时，也成就自己。走进婚姻，从来不是放弃自我的终点，而是用心经营的起点。如果说陪伴是最长情、最浪漫的告白，那么成长就是最有趣、最有心的经营，就像舒婷说的"我们分担寒潮、风雷、霹雳；我们共享雾霭、流岚、虹霓"，我胜利时，你报以鼓励的掌声；我沮丧时，你给我心灵的慰藉；我怯懦时，你给予榜样的力量。幸福的婚姻，一定要努力追上对方成长的速度，理智的男女一定不会放弃用心经营自己的权利。

幸福根本不是状态，而是能力

1

晚上正在电脑上噼噼啪啪打字时，老友橙子打电话问我在干吗。

我笑："打字呢，兴致正高，正提炼金句呢。"

橙子也乐："真羡慕你，有个小爱好，你现在肯定很幸福吧。"

"幸福？"

我幸福吗？这样问着自己，我的嘴角不自觉地微微上扬。

有爱自己的人，有自己爱的人，有贴心相伴的朋友，也有愿意为之付出时间和精力的小爱好，这不就是幸福吗？

可是以前，我不是这样想的。我有过特别灰暗的时刻，觉得幸福把我远远抛弃了。

最崩溃的就是剧本被毙的那一次，写了十万字，修改了四稿，结果被约剧本的编辑老师一票否决，一句"稿件不予录用，谢谢投稿"就把我打入"冷宫"。

挑灯夜战那么久，累死无数脑细胞，结果最终还是被毙了。我辛辛苦苦码了这么多字，竟然是这样的结果。

跟闺密科琳倾诉时，我崩溃地大哭："别人过个稿那么容易，我过个稿难比登天，看来我永远都不可能实现出书的梦想了，我还能说什么，我也很绝望啊。"

科琳揉揉我的肩膀，轻描淡写地说："绝望什么啊？你都不知道有多少人羡慕你能写写东西，别人羡慕你的幸福还来不及呢。"

我忍不住吐槽："你觉得我很幸福吗？我自己怎么一点儿都感觉不到？"

科琳说："你不是跟我分享过那句话吗？'幸福是一种能力，而非一种状态'，我们应该修炼幸福的能力。"

我愣了一下，以前看过泰勒·本·沙哈尔写的《幸福的方法》，我当时摘抄了书中最震撼自己的一句话"幸福是一种能力，而非一种状态"和闺密分享，现在看来，科琳学会了，而我没学会。

每天我都行色匆匆，早上起来，打仗般地做早餐、心急火燎催促女儿吃饭、急急忙忙送她上学；害怕赶不上打卡签到，我一路风驰电掣去上班；忙碌一天后，拖着疲惫的身躯回家，还要面对没洗的衣服、没做的家务、没收拾的房间；所有家务收拾完，女儿睡下，我还要惦记没写的稿子……我的心焦灼又紧张，怎么可能有幸福可言？

科琳说，其实每个人都可以在他目前的生活状态里找到幸福，关键看他能不能感知到那些确实存在的快乐。每天写着自己喜欢的文字，开心地享受努力的过程不就是幸福吗？

我在科琳的话里陷入沉思，我一直羡慕她每天笑容灿烂、幸福感满满，现在我才明白，她之所以幸福，是因为她有强大的无可替代的幸福能力。

有一句话说，心态是心情的主人，那么幸福能力就是心态的主人，有幸福能力的人，能轻易地触摸小幸福，也能任性地拥有好心态。

2

文友榴莲最近正在死磕所在网站的订阅比例，每天都在关注数据变化，我们劝她放轻松点儿，毕竟已经有那么多读者在关注她笔下的文字，这在网文写作中也算很了不起的成绩。

榴莲一把掐断我们的"夸奖"，撇嘴说："我有个什么成绩啊？订阅比例只是开始，等上架之后才能找到点儿幸福感。我现在整天弦都绷得紧紧的，出去逛个街都内疚得不行，只有坐在电脑前码字，才不焦虑。"

争取不断更、确保内容好、粉丝互动佳……考验网文作者的因素有很多，关键是就像榴莲说的，达到上架的状态之后就有幸福感吗？好像也不是，因为上架之后还有影视改编，影视改编之后还有开拍宣传……榴莲所谓的幸福感，永远在路上，但永远都差那么一点点距离。

其实，我们很多人都曾经像榴莲一样，认为幸福是一种状态，也有一整套把幸福延后的说辞：

"等我换了带大大露台的房子"；

"等我买了自己心仪已久的车"；

"等我找到愿意相伴一生的人"；

……

我们都曾经以为，幸福是达到一种状态之后的圆满，只有在那种状态下，幸福才会握在手中。

然而，悲催的事实是，这样的幸福最容易动摇，因为人的欲望总会节节攀升，有了大房子还想要别墅，有了车还想要豪华版，有了相伴一生的人还想要名利双收……一直追求的幸福就像驴子眼前的那根胡萝卜，永远欠缺一点儿火候。

我们走得太匆忙，灵魂都没有跟上来；

我们跑得太慌乱，初心都忘了记心间；

我们过得太焦虑，心态都没有变个样。

我们总是抱怨自己不幸福，其实应该先思考一下，幸福到底是什么，幸福到底在哪里。

其实，幸福不需要惊天动地的大事件，不需要大张旗鼓的大阵仗，也不需要光芒万丈的耀眼时刻，幸福需要的是能力、是甄别、是感恩、是知足。

因为我们的生活总是正面的光鲜和背面的琐碎相依相傍，有幸福能力的人，能准确地甄选正面的小美好、过滤掉背面的小烦恼，让自己愉悦的同时，也把幸福感牢牢握入手中。

③

人到中年，我越来越敬佩拥有幸福能力的人，也越来越热衷于修炼自己的幸福能力。

作家晚晴说过："人生最大的痛苦，是失去了让自己幸福的能力。"稻盛和夫也曾说过："日常生活中，只要怀揣一颗美丽的心灵，即使物质不够丰足，我们也同样能够感受到幸福。

能不能获得幸福，这取决于人的心灵境界，这才是幸福的关键所在。"

很多时候，我们不幸福，不过是因为对自己没达到预想的那个状态不满，总把幸福寄托于状态实现之后，丧失了遇见美好、发现美好、感知美好的动力。

而那些有幸福能力的人，能在当下的状态中敏锐地看到快乐的来处，知足地欣赏幸福的模样，能把淡淡的好时光细密地织进所有的日子，用心将这一程爱的长途点缀得温暖馨香，使前行的自己，如沐春风、犹驾祥云。

愿你我都有幸福的能力。

人生素语

　　周国平说："幸福喜欢捉迷藏。我们年轻时，它藏在未来，引诱我们前去寻找它。曾几何时，我们发现自己已经把它错过，于是回过头来，又在记忆中寻找它。"人到中年，我们渐渐明白，幸福从来不是一种状态的达成，而是一种心态的选择。幸福虽是心思细腻的女神，但她的眼光并不势利，有幸福能力的人，有积极阳光的心态，善于自我激励，勇于与过去的坎坷握手言和；幸福能力欠缺的人，有自怨自艾的症状，囿于自我惩罚，误入自我设置的牢笼无法救赎。修炼幸福的能力，是我们此生最重要的功课。

离别才是人生常态，相遇只是幸福的意外

1

开学第一天，女儿放学回家有点儿情绪低落。

问她怎么了。她闷闷不乐地告诉我，她最好的朋友牛牛、冉冉和自己都不在一个班。

几个小朋友打从娘胎就相识，同一个小区、同一所幼儿园、同一所小学，从小一起长到大，换了新学校没有分到同一个班，我其实可以理解女儿的失落。但我还是语气轻松地告诉女儿："不在同一个班也不影响你们的友谊啊，再说了，初中、高中、大学都不可能还是同一个班，早晚都会分开的，你得学着接受离别。"

女儿噘着嘴说："谁说一定要分开？以后我们还要一起上同一个学校、同一个班。"

看着小家伙郑重的样子，我有点儿不忍心告诉她：离别才是人生常态、相遇只是幸福的意外。我拉着女儿的手说："不在同一个班，你们各自认识新的小朋友，然后再互相一介绍，相当于你们都多交了两倍的好朋友，多好的事啊。"

小家伙的情绪稍微缓和一点儿，但还是不情愿地嘟囔着"为什么要分开"去自己房间写作业。

看着她的背影，我有点儿失神，想起生命中那些我曾经没有

读懂的告别，好像哪一次我都像女儿一样期盼过"永远不分开"。

❷

记忆里第一次告别，是在高中毕业的时候。

那时候，年轻的心已经知道离别这回事，一起上早晚自习，一起在操场上又闹又跳，承诺这辈子都是兄弟姐妹的伙伴们以高考为分水岭，从此散落在天涯。毕业典礼时，很多同学都哭了，我们都还没有读懂青春，就已经初尝离别的滋味。

虽然都留了电话号码，但还是有很多电话号码后来没有再拨打过，也有很多电话号码不曾再给我打过，我们都曾经以为对方是青春岁月里很重要的人，却走着走着就散了。

也曾经深爱过一个人，为了他，放弃了很多东西，情愿和他谈一场异地恋爱。为他写过很多诗，为他流过很多泪，也为他做过很多美好的梦，为他做过很多疯狂的事，更为他说过很多脸红心跳的话。以为这就是天长地久的爱了，只是没想到时间久了，情话他都不再回应，甚至连微信都被他拉黑，曾经互相道晚安的人，就这样"纵使相逢亦不识"。曾经怀着美好期待的爱情，不因相互了解之后而分开，却因因缘际会不适而决裂。

让我最伤心痛苦的告别是爷爷去世的时候。爷爷86岁时去世，早晨还去附近的公园遛弯，中午吃过饭午休，过了点还没醒，父亲喊他才知道他已经在睡梦中悄悄离世。父亲说，爷爷是积德行善的人，所以去世的时候才没有任何痛苦，没病没灾的，安详睡去。

爷爷对我从小到大都很疼爱，小时候不会走路他背着我出去玩，调皮捣蛋跟伙伴们闹作一团时他的严厉管教，结婚成家时他笑成菊花一样的脸，所有的一切都随着他的去世烟消云散，只能留在记忆里。

每一次告别都让我猝不及防，也让我黯然心伤，曾经一厢情愿想要永远不分开的人和事，都在一次次的分别中渐渐成为记忆中的一抹印痕，留下的只是不曾流逝的生活的痕迹和一颗被记忆浸泡得如此柔软的心。

❸

人到中年，才渐渐明白，从同学到陌生人，有时会迅速到一个分离；从恋人到陌路人，随着时间的流逝会化为一件小事；从亲人到生死两隔，有时不过是一个呼吸的距离。

不管多用力，还是有很多时候，走着走着就散了，走着走着就分开了，但成长就是不断跟熟悉的人告别，跟熟悉的地方告别，不断跟错误的人分开，跟错误的地方分离，然后带着成长的痕迹和领悟的道理，走上一个陌生的舞台，见陌生的人，听陌生的歌，看陌生的风景，最后把陌生变为熟悉。

离别是人生的常态，相遇是幸福的意外。我们因为常态而坚强，也因意外而珍惜。时光可以流逝，记忆可以丢失，但我们读懂的告别，读懂的蕴藏其中的感情和珍爱，永远不会远离，它伴着我们成长的每一步，也会在我们的记忆中永远占有一席之地。

于娟在《此生未完成》里说："人生的宴席一场接着一场，锦灯繁华音袅舞影，却冥冥间笃定相信自己在赶着自己寂寞的路。"

我们每个人都在告别的路上，但离别一次又一次又怎样？重要的是我们也在和幸福意外相遇，我们也在和珍惜深情相拥。

愿我们能有人同行同伴，也愿我们能独自葳蕤生长。

人生素语

龙应台说："所谓父女母子一场，只不过意味着你和他的缘分，就是今生今世不断地在目送他的背影渐行渐远。"张晓风说："人生就是不断的相逢和别离。"我们的一生，不管愿意不愿意、舍得不舍得，任何人都躲不开的是离别，而成熟就是不断跟熟悉的人告别，跟熟悉的地方告别，带着成长的痕迹和领悟的道理，见陌生的人、听陌生的歌，看陌生的风景，最后把陌生变为熟悉。离别没什么可怕，因为我们也在和幸福意外相遇，和珍惜深情相拥。

让好习惯成为你最好的仆人

修剪欲望能解决 80% 以上的焦虑

1

同事青芒最近遇到了幸福的烦恼，幸福是因为同时有两个男生在追她，烦恼是因为她不知道该接受谁。

这不，中午吃饭的时候，青芒就"矫情"地倒苦水了："怎么办？两个男生我都很有好感，到底该接受谁呢？"

我笑她："你这是在嘚瑟呢，还是嘚瑟呢，还是嘚瑟呢？"

青芒却不理会我的戏谑，认真地说："说真的，李牧家境好、工作好，但是长得砢碜点；张翼人品好、长得帅，但是家里穷。选了李牧我会贪恋张翼的颜值正义，选了张翼我会艳羡李牧的衣食无忧，如果能有个结合体就不难选了。"

青芒的话，让我想起《笑林广记》里说出"两坦"的那个姑娘：东家郎"丑而富"、锦衣玉食，进门后安享富贵不成问题；西家郎"美而贫"、玉树临风，颜值足以让人忘记烦恼。面对父母"选东家郎还是西家郎"的询问，姑娘说："两坦，吃东家饭，睡西家床，可乎？"意思是白天在东家吃饭，享受荣华富贵；晚上在西家睡觉，消受无边春宵。

可是，凡事都有底线，爱情拒绝贪念，"两坦"终究只能痴人说梦。选择一个就要放弃另一个，这选择的过程就是分辨欲望、甄别所需的过程。

于是，我郑重地对青芒说："你是在意一起奋斗的相濡以沫，还是在意省却奋斗的轻松畅快，先选一下，选择一个就果断放弃另一个，左右摇摆只会加重痛苦和焦虑。"

青芒若有所思地点点头，我却想起自己的状态。

②

工作之外，我有个亲近文字的爱好。

在键盘上敲敲打打，写心里的感触，也写身边人的生活，写短小的故事，也写长篇的小说，文字是我在琐碎生活之外的诗和远方，伴我走过很多个美好的夜晚。

每当我在灯下构思一个故事的时候，当笔下的句子像清凉的泉水从心里涌出的时候，我总觉得自己普通的脸上也有了幸福的光辉。

只是后来，听的微课越来越多，加的写作群越来越多，看着别人用文字持续变现，看着别人分享自己的"10W+"爆文，我开始不淡定了，别人的阅读率和自己阅读率的对比，也让我彻底乱了阵脚，突然觉得自己不能变现的文字简直就是在耍流氓。

别人爆文频出、出书、开课、办培训班；而我自娱自乐、较真、死磕、无力回天，文字带给我的就是这样的回报吗？

我开始不受控制地焦虑不安、心慌气短、失眠多梦，看自己各种不顺眼、各种不称心。可是这样焦虑的状态让我的写作越来越差，不仅故事写不出来，连曾经最擅长的文体也写不出来了。

我终于发现了问题的严重性，长此以往，我是在与自己的目标背道而驰，根本就不是在接近目标。

我用了一段时间好好审视自己，和自己对话，也和自己和解，处于练笔阶段的我，自然就要修剪艳羡别人爆文频出的欲望，因为还不会走路的人，并没有资格艳羡别人的健步如飞。

当我不再对阅读率和爆文有那么深的执念时，我发现我可以重新静下心来看书和写字了，而困扰我那么久的焦虑也不治而愈。原来，焦虑和不焦虑之间，隔着的只是一个修剪欲望的距离。

❸

公园里的灌木因为园林工人的经常修剪，才能成为悦目的风景，我们的欲望因为自己的适时修剪，才不会肆意疯长、自乱阵脚。

最理想的生活是目标明确、未来可期，而最可悲的状态是心有所求、却不可得，因为被放大的欲望着急上火、乱了分寸，被"别人的成功"刺激到怀疑自己、怀疑人生。于是迷失了自己、生出了动摇、产生了焦虑。

讽刺的是，这样的焦虑除了浪费时间、加重心理负担，还有个衍生品就是自我否定，否定自己的能力、否定自己的方向，否定自己前进的脚步。怎么看，都有点儿得不偿失。

人生在世，不可能无欲无求。有欲望并不可怕，可怕的是不懂得取舍，不舍得适时修剪，让旁逸斜出的虬枝障了眼目，让无处不在的败叶乱了阵脚。

修剪欲望，就是减轻前行路上的负重。把不健康的欲望剪去，把可有可无的欲望删减，把健康的欲望留下，潜下心来按部就班，集中精力渐次突破，才能步步为营、越活越敞亮。

如果说，焦虑让生活充满了不安和纠结，那么适时照顾心灵、及时修剪欲望就是解决这一切的良药，执着地做一件事、真心地爱一个人、专注地努力于一个目标，必然不会焦虑。

学会取舍，懂得拿起什么、放下什么，在爱情和生活中都是最重要的能力之一。修剪欲望能解决80%以上的焦虑，值得你我践行。

人生素语

李宗盛说："世界再嘈杂，匠人的内心绝对是安静的，专注地做点儿东西，至少对得起光阴岁月，其他的就留给时间去说吧。"专注的人没有时间焦虑，焦虑的人总有理由动摇，其实这世间，大多数的焦虑无非是所欲无限，而所能有限。焦虑和不焦虑之间，隔着的只是一个修剪欲望的距离。修剪欲望能解决80%以上的焦虑，学会删减能消除80%以上的烦恼，人生路上，且行且珍惜，且删且从容。

确认过眼神，你是想太多的人

1

下班回家碰到 12 楼的荔枝，她兴高采烈地说："姐，你一定要听听我这个计划，我考察过了，在咱们这块开冷饮店绝对行。"

我提不起任何兴致："你又换计划了啊？"

荔枝说："是啊，我觉得这个靠谱。"

说实话，我一点儿也不想听，我甚至都没有评价的兴趣。从住进这个小区以来，我已经想不起这是荔枝第几个计划了。

刚开始，荔枝想开早餐店，一直过着按部就班生活的我，很羡慕能自己创业的人，我也拿出了满满的热情，下班时间和荔枝一起考察市场、决定早餐品种，甚至还去批发市场看了餐具和桌椅。

没想到，三天没过，荔枝就情绪寥寥地说："姐，你知道开早餐店要几点起床吗？凌晨四点啊，夏天还好说，要是冬天，我根本起不来啊。"于是，因为设想出的"起床难"，荔枝毫不犹豫地放弃了开早餐店。

早餐店的计划搁浅后，荔枝又准备卖饰品，也志得意满地跟我慷慨激昂了一番，从进货的地点到饰品的种类，从朋友圈的广告文案到第一批推广的种子客户……感觉荔枝说得头头是道，应该是经过深思熟虑的结果，我以为这次肯定有戏。

没想到，一个星期后，荔枝又说："现在网购这么方便，人家肯定都在网上买，谁会在我的朋友圈买呢？我肯定卖不出去。"于是，因为预估到的"卖货难"，荔枝干脆利落地放弃了卖饰品。

再然后，荔枝又计划过开超市，因为"进货太麻烦、雇工不好找、时间没保障"放弃了。

还计划过做美容产品的代理，因为"客源渠道不畅通、进货价太贵"也搁浅了。

……

荔枝有很多很多计划，什么都想做，却什么也没做。因为她的计划只是停留在口头上，从来没有付诸过行动。

计划如果不落实到行动上，充实量只是空想。

一次两次可以接受，一生呢？难道都要像荔枝的创业计划一样，试试的机会都不给自己吗？

❷

杨绛先生在给一位年轻读者的回信中曾经说过这样的话："你最大的问题在于读书不多，而想得太多。"

想太多似乎和焦虑一样，已经成为很多人的标配。

因为想太多，设想出的困难越来越多，导致迟迟不敢行动；

因为想太多，拖延后的成本越来越大，导致事情和初心远远背离；

因为想太多，纵容自己怠惰的理由越找越多，导致最好的自己越来越远。

"想太多"阻止了所有你想做的事，也阻止了你成为最好的自己。其实很多时候，阻碍我们开始的因素，往往是我们自己想出来的。

本来可以毫不犹豫去做，可你偏偏给了自己很多放弃的理由；本来可以翻身上马，可你偏偏被脑海中的臆想困住了拉缰绳的手；本来可以义无反顾日夜兼程，可你偏偏被东想西想浪费了光阴。有太多的人，一生都毁在了凡事总是想太多：做事之前，想东想西，前怕狼后怕虎，在计划还未开始之前，已经被自己设想出来的麻烦吓到无路可退。

做决定之前"三思而后行"很重要，但这个"思"不包括"臆想困难、设想麻烦、担忧后果"。

❸

所有的梦想和理想的区别就在于，前者只是随口一说、东想西想，后者却是马上行动、做了再说。前景暂时无法预估，但最关键的是开始，只有开始了，才能谈及以后，没有开始，结果永远不可能出现。有梦想固然难能可贵，但更可贵的是不屈不挠的行动力，最难得的是不折不扣的执行力。如果仅仅把梦想停留在嘴上，多年之后，梦想只能依旧是梦想。

自古开始只有一个理由，而放弃却可以有一千种借口。正是因为借口足够多，开始才被迫"顾虑重重"。"想太多"一点儿都不酷，一点儿都不值得。有一句话说："种一棵树，最好的时机是十年前，其次是现在。"改变自己，最好的办法是马上行动，其次是放弃想太多。

所以，千万不要顾虑重重，更别被胡思乱想的麻烦和困扰阻碍了行动，行动起来，不一定会有收获，但至少有为梦想拼搏的经历，迟迟不敢行动，肯定没有任何收获。

如果心中有理想，立刻放下顾虑，着手开始。

如果前方是征途，立刻收拾行李，翻身上马。

人生素语

《孤独星球》的创立人托尼·惠勒和莫琳·惠勒曾说过这样一句话："当你决定旅行的时候，最难的一步已经迈出来了；如果你不迈出这一步，你永远都不知道自己的梦想，是多么容易实现。"我们的生活也一样，目标不是遥不可及的海市蜃楼，行动绝非遥遥无期的空头支票，目标需要用行动证明，理想亟待从现在兑现。如果心中有理想，立刻放下顾虑，着手开始，就从今天，就从此刻！

最怕你比出了烦恼，还自以为在接近目标

1

晚上微信一上线，闺密杨桃就开始"劈头盖脸"地"质问"我：你知道木子今天又发了什么稿子吗？又是一篇"10W+"，这是木子这个月的第六篇"10W+"了！

杨桃最喜欢拿我跟我们共同的好友木子比。

木子写过很多爆文，被百万级甚至千万级大号转载，不到半年就把公众号的粉丝从零做到了"10W+"。

杨桃"恨铁不成钢"地说："榜样的力量是无穷的，你努力向木子看齐啊。"

我笑笑："我羡慕木子，但不代表我就能达到人家的程度啊。"

杨桃"鄙视"我："你看看人家再看看你，居然还能笑出来？！"

我认真地说："我干吗要跟人家比，我才不愿意比出烦恼呢！"

其实，杨桃不知道写作受限制的因素并不仅仅只有努力这一个原因，天赋有异、智商有别、格局不同、思路不一、看书多寡……都有可能造成很大差别，何况写作本来也不是只要努力就一定能短期见实效。

经营公众号我很认真，从列提纲到写稿再到最后修改，我都不曾懈怠。没有木子那么多粉丝，但好在每天都有新朋友关注我；

被转载的文章没木子多，但好在也有几篇"10W+"。

跟自己相比，我一天天在进步，这就足够了，我为什么要跟别人比，反而比出自己的烦恼呢？

❷

前几天，小祝跟我"抱怨"过她因为和别人对比引起的烦恼。

晚上，小祝带乐乐去操场上玩，经过宣传栏时，看到李老师家两岁多的娇娇正在认读宣传栏里的汉字，乐乐三岁半了，远远没有娇娇认得多。

小祝说，她突然就很急躁，乐乐认字少，会背的唐诗更少，除了会疯玩，好像什么都不会，怎么看都是"输在了起跑线上"。

原本"有儿万事足"的小祝，突然不快乐了："我好着急啊，乐乐是不是太笨了？怎么和娇娇差这么多呢？"

看，又一个"别人家的孩子"。

小时候，我们最讨厌父母说"别人家的孩子"："别人家的孩子，比你成绩好，还比你努力；别人家的孩子，比你懂事，还比你孝敬父母……"可是，等我们做了父母，我们也开始对比"别人家孩子的优秀"，得出"自己家孩子不省心"的结论，然而，讽刺的是，比较并没有让我们找到接近"别人家孩子"的方法，只是让自己乱了阵脚。

不知道从什么时候开始，我们开始被播种焦虑、贩卖恐慌，我们开始因比出来的烦恼着急上火、乱了分寸，我们开始被"别人的成功"刺激到怀疑自己、怀疑生活、怀疑人生。

你的同学已经赚了 15 亿，而你人到中年，兜里没现金，账上没存款，甚至连个稳定的婚姻家庭都没有，生活要多悲惨就有多悲惨；

隔壁李叔的女儿一边读高中一边写公众号，早早就实现了月入 10 万，而你竭尽全力一年也挣不了 10 万；

90 后的堂弟已经做了公司的副总裁，而你还在为选题怎样让领导通过绞尽脑汁；

……

各种各样的对比，乱了我们的阵脚，也乱了我们的心情。环境传输给我们的不是"输在起跑线上"，而是"你被同龄人甚至比你小很多的人，远远地抛在了身后"，抑或是"时代抛弃你，从来都不会跟你打招呼"。

如果你已经习惯对比，你就会习惯性地捕捉到对比带来的伤害，而且这伤害无处不在，它们像赶不走的苍蝇围着你嗡嗡作响，你恨不得一掌打死它们，却无奈地发现苍蝇的数量太多，远远不是你所能控制的。

跟朋友聊天，听说他新换了一辆车，驾乘更舒适、外观更拉风，而自己房贷还没有还清，车暂时还买不起。原本觉得挺知足的你，突然不快乐了，怎么自己的工资就没有起色呢？

常去的群里，文友们在晒这个月的稿费和发表文章的数量。而自己，稿费收入比不上人家的五分之一，发表文章的数量比不上人家的零头。一直在认真写作，却没有能力让自己的文章遍地开花，芬芳满天。原本爱好文字的你，突然怀疑自己，是不是不应该继续浪费功夫呢？

比你有钱的人还比你努力，比你好看的人还比你自律，比你有才华的人还比你出身好。拼爹、拼脸、拼才华，你一样也拼不过。

但这样比，真的有意义吗？和成功人士的所谓比较，根本比不出成功，只会比出烦恼。拿别人的成功对比自己的生活，不仅可笑，而且可悲。

就像"每一个没有行动力的计划都是耍流氓"一样，"每一个追不上的目标都是白费劲"，焦虑和努力根本不能相提并论，成功和对比根本不是相伴而生。

我们不满现状，一直在向预想中的目标努力，我们努力上进，从来不愿意不思进取，但我们却完全没必要把注意力放在山顶那个难以望其项背的人身上，因为和他比较，只会让自己更焦躁不安，只会让自己否定自己的坚持和努力。

❸

如果愿意，"同龄人正在抛弃你"的例子，我们可以找出无数个。溥仪3岁登基，骆宾王7岁写出《咏鹅》，莫扎特8岁作曲，王俊凯17岁身价过亿，霍去病18岁当将军，奶茶妹妹23岁身价500亿，马化腾47岁身价3000亿，比尔·盖茨60岁身价5000亿，李嘉诚90岁身价2000亿……

但，那又怎样？

别人的成功和我们有什么关系呢？难道我们就要因为别人的成功怀疑人生、放弃奋斗、怨天尤人吗？

烦恼都是比较出来的，尤其是和根本不在一个咖位上的人比较。因为比较，烦恼被人为扩大、突兀显现；因为比较，生活被无端妖魔化。而不管哪种结果，都对实现自己的目标毫无益处。

从来没有什么被同龄人抛弃，有的只是"你自己折磨自己"，从来不需要和别人比较，因为只会比出焦虑、比出抑郁，从来没有什么被同龄人抛弃，有的只是"你自己放弃自己"，不同人有不同的分工，但也各有不同的幸福。改变你能改变的，接纳不能改变的，竭尽全力做最好的自己，就已经是金光闪闪的人生。

人生素语

小时候，我们最反感听到家长说的一句话大概就是"别人家的孩子"了：别人家的孩子比你成绩好还比你有耐心、别人家的孩子比你懂事还比你有才艺……等我们长大，我们竟然采用小时候最反感的方式来"鞭策"自己，拿"别人家的成功"来对比自己的不尽如人意。对比从来不会接近目标，只会比出焦虑。我们所要做的无非是竭尽全力做最好的自己，如此而已。

有一种自欺，叫"从明天开始"

1

因为要交一张照片，我打开以前的文件夹找照片，看到以前的自己时，我愣了一下："那时候真瘦啊！"然后再低头看了一眼现在肚子上的"游泳圈"，忍不住恨恨地跟闺密说："我要减肥！我真的受不了自己的胖了！"

闺密说："那今天下班别坐班车了，跑步回去吧。"

我发了个抓狂的表情。

我今天没穿运动鞋，穿高跟鞋跑步貌似不合适吧；

我每天都准点回家带孩子，跑步回去需要那么久，孩子会闹人的……

"工欲善其事，必先利其器"，我得先买一身运动衣再说……

闺密说："现在天气正好，再过些日子天热了，就不适合跑步了。"

我犹豫着："这个月都过一半了，我从下个月再开始吧。"

闺密掐断我的话头说："得得得，难不成连跑个步还得有个'开跑仪式'？一让你跑步你就找借口，你就是压根不喜欢运动而已，根本不是穿没穿运动鞋、孩子会不会闹、有没有运动衣的问题。最重要的是从现在开始，不是从明天开始。"

我突然想起每年快结束、临近元旦的时候，无数人在制订新年计划，我也制订了我的新年计划。

那几天的朋友圈很容易让我想到一个词"誓师大会"，轰轰烈烈、热热闹闹，新年计划火速出炉，辞旧迎新戏要做足，一大波朋友许下愿望：新的一年要努力健身、要认真读书、要好好学习、要改掉去年的一切坏毛病……当时，我的新年愿望是新的一年认真锻炼、努力减肥。

一个星期后，大家的情绪还很高涨，真的按照新年计划里的约定，和自己较着劲，努力让自己变得更好。

然而慢慢地，就会失望地发现，原来这个"新的一年"，真的和过去的每一年一样毫无差别，甚至和过去一样乏善可陈。

新年计划效应只在新年刚开始时发挥作用，那个阶段一过完，自己仍旧是过去的那一个：依旧浮躁，看书走马观花、不求甚解；依旧懒得锻炼，马甲线只是传说；依旧懒癌发作，行动力只是写在计划里的词汇……

然后，一年后，新一轮的计划又重新火热出炉，我们的日子就这样循环往复、鲜少波澜。

每个计划都曾经很认真，可我们离行动力总是差那么一步。

②

我以前有个学古筝的愿望，却没跟人提起过。

我喜欢衣袂飘飘的抚筝女子，优雅脱俗得就像从画中走出来的一样，我也经常梦到自己在阳光的午后弹古筝的画面，想想都很美。

那天，看玲姐静心素手、拨弄琴弦时，我无比羡慕她的状态，自己想学古筝的愿望脱口而出。玲姐二话不说，拉着我就要去古筝班报名。

我犹豫着："玲姐，我是说以后……"

话没说完，便被玲姐打断："什么以后啊，多少梦想都被"以后"蹉跎了，最重要的是从现在开始！"

玲姐带着我交了报名费，我见到了古筝老师，她有一头乌黑的长发，轻抚古筝，修长的手指拨弄琴弦，微风吹拂着耳边鬓角长发，红唇及白皙皮肤，和我预想中的场景一模一样。

从基础乐理、基本指法学起，老师耐心纠正每一处错误，夸赞每一点进步，我从最初的手忙脚乱到可以弹些简单的小曲子，现在，我也可以弹好几首古筝名曲了。

每天从凡俗琐碎的生活中逃离出来，坐在古筝前的时光，是独属于自己的美妙时刻，我和自己相处，也和自己对话，捕捉生活中细微的感动，欣赏雨丝或微风，花香或鸟语。古筝是我调节心情的最好方法，也是生命中不可缺少的亮丽底色。

很庆幸，当时我开始了，古筝这个梦想渐渐照进了现实，给我带来愉悦的同时，也让自己的情感更丰富。如果当时没有开始，也许到现在我依旧只能艳羡那些抚筝女子。

3

去年朋友聚会时，强哥说，他准备着手写网络小说，书名起好了，基本情节设计和人物原型都已经找好，就等动笔了。

"强哥，赶紧写，我们当你的第一个读者。"大家纷纷鼓励他。没想到，强哥说："我打算十年之后再动笔，那时候，工作稳定，孩子不用我操心了，写起来才能毫无负担。说不定能靠着这部小说一举成名呢！"

一番话听得我们面面相觑，原本高涨的热情瞬间瘪了下去。性格直爽的李哥直接挥手："你这跟没说一样，谁知道你十年后还有没有现在的激情，最重要的是要开始。"

强哥不服，和李哥争辩起来，一个说时机更重要，一个说行动更重要。李哥说："梦想和理想的区别就在于，前者只是随口一说，后者却是马上行动。前景暂且不提，最关键的是开始，有了开始，才能谈及以后。"

强哥沉默了几秒，抬起头坚定地说："那我不等十年后，今天就开始第一章！"

强哥真的从那次聚会结束后就动笔写他的网络小说，如今他的小说更新了几十万字，在网络上也有了一大批粉丝，前不久，刚跟一家公司签了改编权。仿佛强哥定下目标还是昨天的事，他就通过自己的行动力，向自己的理想接近了一大步。

很多年以前，有首歌《明天会更好》很火，我也曾经无比虔诚地相信"明天会更好"，现在我明白了，明天"好"还是"不好"有太多不确定的因素，有太多不可控的波折，豪情万丈和志得意满如果被"明天再开始"蚕食，明天就很可能不那么美好。动力和激情如果只是自欺欺人地表表决心，明天就和过去的每一天没有任何差别。一件事能不能朝自己希望的方向发展，中间差着一个行动力的距离。

一切计划最可操控的是行动力，最可依赖的是马上开始。说什么愿美好不期而至，说什么遇见更美好的自己，如果没有把计划贯彻下去的决心，一切计划都是空头支票。

所以，亲爱的，请你相信：

没有行动力的空头承诺都是耍流氓。只有立即勇敢行动，明天才有可能更美好。

人生素语

　　"明日复明日，明日何其多，我生待明日，万事成蹉跎……"《明日歌》自问世以来，一直经久不衰，广为世人传颂，我们也都知道"从明天开始"有多么违心，有多么没有说服力，但慵懒的时候、困顿的时候、迷茫的时候，我们都曾经用这样的借口麻痹过自己的灵魂、原谅过自己的不敢行动，但不可否认的事实是一切计划最可操控的是行动力，最可依赖的是马上开始。永远不要把任何计划推迟在未知的明天，因为推着推着就没有下文了。

没有过不好的坏人生，只有养不成的好习惯

①

晚饭后出门遛娃，碰到跑得汗流浃背的梅姐，我夸梅姐精神状态越来越好，梅姐笑："还好我三年前开始'强求'自己每天跑步，活得健康快乐才是最重要的。"

看着梅姐远去的背影，不禁想起三年前胖胖的梅姐，大龄恨嫁，最大的目标是找个合适的男人嫁出去，没想到相亲多次都因为身材被对方拒绝，被严重打击自信心的梅姐定下"跑步减肥"的目标，刚开始还跟我抱怨过"跑步又无趣又辛苦，太累了"。我当时建议梅姐换轻松点的健身方式，梅姐却说："不换，我一定要'强求'自己坚持。"

就这样，梅姐雷打不动地坚持了三年，人瘦下来了，心态也不一样了，她不再认为嫁人是自己唯一的出路，她越来越自信，常跟我说："干吗要着急嫁出去？我有耐心等心心相印的人，等待的时间里我努力成为更好的自己，也没有白白浪费时光。"果真如此，梅姐再也不是三年前的那个恨嫁女了。积极的心态、健康的身体、阳光的笑容、快乐的气场，梅姐确实越来越有魅力了。

虽然只是一个小小的跑步的习惯，但它却带来了行动的自律、身体的健美和精神状态的饱满，效果不能说不惊人。

2

那天把孩子哄睡后，我赶紧忙家务，忙完已经夜里十点了，本来想看会儿电视消遣一下，想起因为跑步这个小改变变得越来越好的梅姐，我也开始学着梅姐的样子，改变自己懒散的状态，"强求"自己在电脑上写下了一篇文章，虽然不完美，也不一定能发表，但我却很激动，因为"强求"自己做出改变，是这么美好的一件事。

从那以后，我努力阻止自己的懒惰。不想写稿子的时候，先让自己写篇800字的随笔；不想看书的时候，"强求"自己先看一章；不想运动的时候，努力先跑400米……

一段时间后，我发现，电脑里自己写出的稿子越来越多，一部分稿子投稿后发表了，我也有了名字变成铅字的机会；书柜里看过的书越来越多，摘抄的读书笔记越来越多，虽然依旧做不到出口成章，但相比以前贫乏的词汇，我对自己的进步很惊喜；身体素质也越来越好，很少头疼脑热，单位组织爬山比赛，我还得了女子组第一名。

原来，改变自己的懒散状态效果惊人，迈出第一步，才会发现，开始其实并没有预想中那么困难；坚持第一天，才会有底气和信心坚持第二天、第三天；一天进步一点点，才会有可能真的遇到更好的自己。

说起改变，我想起了闺密珊瑚家里的一件事，上周末我和桃子去珊瑚家玩，一进门，就发现珊瑚累得在沙发上吭哧吭哧直喘。

我和桃子都很惊讶："大周末的，你干什么了？怎么累成这样？"

珊瑚白了我们一眼："还不是为了迎接你们？都把我累惨了。"

原来，珊瑚听说我们要来家里，迅速从床上弹起，胡乱洗漱之后就进入"战斗"状态：扫地、拖地、收拾东西、擦桌子、摆凳子……经过半个多小时的"战斗"，家里才慢慢恢复正常状态。

　　"虽然不算窗明几净，但至少还算整齐，不至于让你们说我太邋遢。"珊瑚的话，让我们哭笑不得："谁让你平时懒了那一下？你看看，你有多少东西是懒得收拾才弄得乱七八糟的？"

　　珊瑚愣了一下。

　　我拿起茶几上的水果叉："用完就直接放回原位多好，省得你以后再收拾。"

　　珊瑚挠挠头说："也是啊，我总是懒了那么一下：吃过水果，水果叉没有及时送到厨房清洗干净；阳台上种完花，没有及时把空花盆收起来；换季衣服洗好晾干，没有及时收进衣柜……"

　　桃子说："你看，都是一路懒下来，才会这样子的，打扫起来困难重重，家里永远乱七八糟。"桃子说，她平时用过的东西都是及时放归原位，该做的事总是及时处理，所以从来不存在这种困扰，什么时候去她家总是神清气爽，什么时候见她都是不急不躁，从来没有急吼吼需要应付的状况。

　　珊瑚不好意思地说："我也确实体会到'懒'一下的坏处了，写好的文档总是懒得分文件夹保存，想着以后有机会再分类，着急投稿的时候，总是找不到需要的那篇文章；编辑的联系方式我总是懒得存一下，结果投稿时忘了邮箱地址是什么；跟爱人闹点儿矛盾，总是懒得解释那么一下，结果本来没有什么大问题，却变成冷战几天的后果；办公室的文件，因为懒得整理，结果成了堆积在桌面上有碍观瞻的垃圾场……"

珊瑚从我们"突然到访"那天开始，学着"随手勤一下"，现在整天在跟我们嘚瑟："随手勤一下，一点儿也不难，我现在再也不用心烦意乱地'善后'了。"

❸

从来没有过不好的坏人生，只有养不成的好习惯。人生所有的改变，都从细小的好习惯养成开始。所有的改变都来自微小，而改变自己这件大事，却隐藏在做好的每一件小事里。

坚持跑步、坚持写字、坚持随手整理、坚持定期"清空"自己……这些都是微不足道的小改变，但这些小改变坚持下去，却会给生活带来很大的不可思议的大变化，永远不要小看一个微小的改变，因为每一个普通的改变，都将改变普通。

人生素语

　　孔子说："少成若天性，习惯如自然。"人在幼年时养成的习惯，就像人天生自然固有的一样，难以更改。作者周宏翔也曾经说过一句话："你如今的气质里，藏着你读过的书，走过的路，和爱过的人。"每一个习惯的养成，都会影响一生的气质，从来没有过不好的坏人生，只有养不成的好习惯。人生所有的改变，都从细小的好习惯养成开始。永远不要小看一个微小的改变，小改变会带来大变化，普通的改变会改变普通。

你连手机都控制不了，怎么控制人生？

1

浏览网页，看到了一条"手机癌"患者的新闻，新闻的标题是《女子边看手机边走路，误入升降车库》。

事情的始末是这样的：一名女子在医院立体车库内一心低头玩手机，完全没注意到现场的警告标识。进入车库后，女子被升降机送到地下一层。在地下车库内，她又被汽车撞倒，左下肢被升降机卡住受伤。

保安第一时间按下了应急按钮，消防员救出女子并送往急诊。目前，该女子正在康复治疗中。

看到没？这简直是在用生命玩手机啊，我不知道这名女子当时看的是多重要的信息，甚至重得过生命？但我知道，边走路边玩手机、边陪孩子边玩手机、边上班边玩手机……这样的情况比比皆是。放眼周围，患"手机癌"的人真不少，我不相信你刚好就是其中没病的那一个。

很多人对手机的依赖已经到了无药可救的地步，基本上已经属于"癌症晚期"。

想想吧，你是否有过病发的时刻：

早上睁开眼的第一件事就是拿手机，手机握在手里才有安全感；

　　工作间隙，电话没响、微信没响，手机悄无声息，但你还是忍不住一次又一次看手机；

　　手机成了每天最亲近的东西，上班时间玩手机，下班路上玩手机，回家睡觉前还是玩手机；

　　周末不愿意出门，窝在沙发上抱着手机追剧，熬到凌晨也不愿意睡；

　　每天与手机寸步不离，简直就是人在手机在，人亡手机亡……

　　这场景，熟悉吧？

　　这情境，有你吗？

　　这症状，不夸张吧？

②

　　以前，有过一篇火爆全网的文章《我的粑粑麻麻被手机怪兽抓走了》，看到那篇文章的第一时间，我抄下了全文，是的，是用手抄写在卡纸上，抄好后，我把它放在了客厅最显眼的位置，到现在，我能清清楚楚背诵里面的语句：

　　假设我们现在 30 岁，如果我们能活到 80 岁，还有 50 年的时间可以和手机在一起，只要我们拿起它，它随时在我们身边，听我们召唤。

　　我们的宝宝现在太小，如果宝宝长大了，长到 10 岁、12 岁、16 岁，你就会发现，他们渐渐地越来越需要自己的空间，他们不会再咿咿呀呀地"纠缠你"，不会再"无理取闹"地让你陪她，不会再像小宝宝一样扎到你怀里撒娇，不会再拉你在床头，不会再像儿时一样央求你讲个故事陪她入眠，你会发现：在孩子身上很多和你最亲昵的时光，一旦错过，就再也找不回来。

所以，那些陪伴手机多于陪伴宝宝的父母们，请把手机放在一边；用更多的时间，拥你们的宝贝入怀；慢慢地体味，真正拥有宝宝的这些年吧……

是的，我像上学时背诵课文一样背诵了这篇文章，也真正审视了自己和手机的关系，虽然我的"手机癌"并不严重，下班回家、周末在家基本上可以把手机忽略，陪孩子的时间远远超过玩手机的时间，但我还是觉得做得不够，毕竟有些时候我还是会因为手机分心，还是会因为有可能"错过一条重要信息""错过一个重要电话"而焦虑。

❸

美国摄影师 Eric 曾经拍摄过一组摄影作品"Removed"，拍摄的都是很日常的生活场景，但当摄影师把手机和所有电子设备从被拍摄者手中拿走后，照片就成为呈现在大家面前的样子：我坐在你面前，你却在低头玩手机。

摄影师说："我好像一下子被击中了，现代科技带来的互动交流竟然是以不再沟通为代价的。"

我在屏幕这端看得两眼濡湿，忍不住大哭了一场。

真的，不知道从什么时候开始，手机成为我们最亲密的伙伴：朋友聚会时，简单的寒暄交流后，大家都开始低头玩手机，想要找个人好好聊聊近况，好像也无从说起，无奈之下，自己只好也拿出手机，浏览新闻或者聊聊微信，心里却是无边的孤独；下班回家陪孩子，不是亲密的语言交流，而是你玩你的手机，我玩我的平板电脑，亲子关系也渐渐不再沟通；晚上爱人下班回家，吃过晚饭到睡觉前，你玩你的手机看电影，我玩我的手机逛淘宝，夫妻关系也被手机这个"小三"给破坏了；回老母亲家吃饭，饭菜上桌之后，第一件事不是感谢张罗一大桌子菜的父母，而是拿出手机拍照上传朋友圈，然后时时关注朋友们的评论并回复……

是从什么时候，我们的日子变成了这副模样？夫妻之间的亲密关系哪里去了？亲人之间的天伦之乐哪里去了？朋友之间的谈天说地哪里去了？我们拿起了手机，却疏远了曾经最亲近的爱。

也许，浏览手机那会儿你会看点儿新闻，了解点儿娱乐八卦，增加一点儿以后的谈资；也许你会看场电影，感动于别人的故事，增加一点儿观影感受；也许你会刷刷朋友圈，看看别人的生活……可是，亲爱的，你告诉我，哪一项比和亲人相处更重要？

父母渐渐老了，腰背不再挺拔，双眼不再澄澈，双手不再有力，他们更需要我们贴心的陪伴，需要我们陪着好好说说话，哪怕是工作琐事，哪怕是生活烦恼，我们都可以给他们慰藉。

孩子渐渐大了，不再是襁褓中的婴儿，不再是什么都不懂的小屁孩，他们更需要我们的陪伴，需要我们记下他童年中的点滴瞬间，因为错过的童年，再怎么挽留都不可能回来。

爱人渐渐老了，从年轻时开始陪伴着彼此，走过年轻时的志气昂扬，走过中年时的生活压力，一起走向白头偕老的那一天，我们应该有更亲密的关系，应该有更温暖的拥抱，而不是背对背各玩各的手机。

我想，如果可以，我们还是要适时放下手机，因为放下手机我们拿起的是爱，因为连手机都控制不了的人，不足以控制人生。因为一个人在对待手机这件事情上是失控状态，他的整个人生都是失控的。

所以，克服对手机的依赖吧，强迫自己忘掉手机，真真切切地活在当下，认认真真地感受当下，专心于路过的风景，专心于食物的味道，专心于家人的说话，专心于孩子的分享，专心于朋友的相处，只有这样，我们才能重新遇见风景，遇见爱，重新沟通你我连接心。

人生素语

有数据显示，大部分人每天平均看手机三个半小时，超过 70% 的父母会在陪孩子时看手机，也有很多人一小时不看手机比一天不吃饭还难受。不知道从什么时候开始，玩手机成为大部分人消磨时间的主要方式，我们常以"手机癌"来调侃自己，不少人吃饭、睡觉、走路甚至开车时都做不到放下手机，然而，危险常常在低下头那一瞬间发生，意外往往在看向屏幕那一刻出现，有些时候，我们玩的不是手机，是命。连手机都控制不了的人，不足以控制人生。

你还在用生命熬夜吗？

1

那天看一个公众号当天的头题文章，一看标题我就吓了一跳：《80 后新锐编剧赵国燕王去世：提醒熬夜者珍爱生命！》

80 后！去世！熬夜！

这三个词的冲击力太大，让我划拉手机的手指都不由自主地抖了一下。

平静下来后，我去查了赵国燕王的资料，赵国燕王原名赵燕，1983 年出生，是谢耳朵网校的编剧导师，还是北京利美嘉亿影视公司签约编剧，创作过多部影视作品。他编剧的作品有电影《大话仙宫》《超五星选美》《学妹快跑》《佛爷计划》《废柴王爷》《虫煞》《丛林生死门》等。在圈内小有名气，出道以来得到了众多业内人士的认可和推崇。

让我震惊的除了他创作作品的数量之外，还有他的年龄——34 岁，我看着那几行冷冰冰的文字："赵国燕王在佛山剧组猝死，逝世原因还有待警方的尸检结果。不可否认最大的原因在于过度疲劳。他的离去，正提醒着熬夜者人生短暂，珍爱生命！"悲痛蔓延的同时，我感觉脊背发凉！

如果说赵国燕王熬夜是为了创作剧本，毕竟他有那么多作品，要命的是我也曾经熬夜，可我却不知道熬夜都干了些什么。

2

有一段时间，我抱着电脑发呆的时间越来越长，大脑混乱僵硬，打开的网页一个也看不进去，打开的文档很久都落不下一个字，我根本没有在写文章，我甚至也没有在看新闻，我只是在熬夜，好像纯粹只是为了熬夜而熬夜，只是在静静地等待那个夜深人静的时候。

真的等到夜深，所有的人都睡了，我还是精神着，而且好像越来越精神，完全没有睡意。有时候熬夜能写出一篇文章，有时候熬夜却根本什么事情都没有做，但我还是习惯性地"熬着"，直到凌晨才昏昏沉沉地睡去，还总被噩梦惊醒很多次，睡眠质量极差，头发也大把大把地掉。

按说晚上做的事，明明白天也可以见缝插针地抽空做；晚上写的稿，明明白天也可以写；甚至晚上浏览的网页，白天也可以用手机上网浏览……真的没有什么必须晚上干的缘由，可我不知道自己到底怎么了，好像得了强迫症一样，自己在逼自己熬夜。

被严重失眠困扰的我终于忍不住去找了医生朋友小丁，小丁说我这也是一种病态，这叫"熬夜强迫症"。看我惊讶的表情，小丁说："你所谓的工作是不是真的需要等到晚上做？白天是真的抽不出一点儿时间吗？"

我愣了一下，然后说："好像也不是，白天没有写稿的习惯，总是拖到最后一刻才写。"小丁"命令"我："那从今天开始调整吧，熬夜真的会死人，而且已经死了不少人，以后该写的稿子早点写，晚上准时睡觉，改变熬夜的习惯。"

受小丁的惊吓，还有迫切想要改善自己掉头发的状况，我开始有意把白天的时间安排得有条理一些，该看书看书，该写稿写稿，该看新闻就看新闻，等到晚上，我一天的计划已经全部完成，也就没有了什么都没做的负疚感，我可以心安理得地做个手工，或者插插花、喝喝茶，然后安心地早早睡下。

每当我有拖拉现象，每当我又一次想熬夜，我就默念小丁的"熬夜真的会死人，而且死了不少人"这句话，连惊带吓地和熬夜做斗争，坚持一段时间后，我发现我可以睡得很早，睡眠质量也慢慢改善，不再像以前，熬夜之后越来越没能力安静入睡了。

不再熬夜的意外收获是肤色越来越好，黑眼圈和眼袋也渐渐有了改善，掉头发也没有那么严重了，关键是好好休息一夜之后，第二天的精神状态更好。

看到这些改变的我，开始坚决践行早睡早起、避免熬夜，因为这不仅让生活质量更好，也让心情更愉悦了。

③

中国睡眠医学协会也曾经发布过一份调查：90% 的年轻人猝死、脑溢血、心肌梗死都与熬夜有关；超过 70% 的年轻人有熬夜习惯，其中只有 30% 的人熬夜是真正的加班，剩下的人其实根本就不用熬夜，他们只是得了熬夜强迫症，因为，他们熬夜，只是在玩游戏、玩手机、看电影、看电视。

记得以前，《每晚11点前睡觉的人生，做到就是赚到》上过热搜，看来很多人都做不到11点前睡觉，熬夜导致猝死的新闻那么多，可仍然有很多人，并没有真正从中吸取教训，总觉得猝死这样的概率太小，根本不可能落在自己身上。

赵国燕王肯定也没有想到追求梦想会付出生命的代价，这代价真的太沉重了，沉痛悼念赵国燕王的同时，我们还是要从现在开始，从现在做起，尽早戒掉熬夜的恶习，因为以保重身体为前提的努力，闪闪发亮；以损害身体为结果的梦想，不值一提。我们必须精神饱满，才能经得起世事刁难；我们必须身体健康，才能看得到梦想点亮。

人生素语

一直以来，各路媒体上规劝大家不要熬夜的文章为数很多，然而四周无处不在的"修仙党"，根本没几个人把熬夜的危害放在心上，有一句话叫"我们用着最贵的养生补品，却在熬着最深的夜"，除去真正加班加点的时间以外，很多时候我们的熬夜只是美其名曰感动了自己，充其量只是作秀给自己看，我们被自嗨式的努力带偏了方向，如果连基本的身体健康都无法保证的话，玩命似的努力只是低级的自我安慰。

所有的烦恼，只因少了一颗开花的心

再苦的日子，也要有开花的心

1

早晨还没起床，母亲在窗前喊我：我摘了野菊花，可好看了，赶紧起来看！

带着笑意起床，心里甜甜的，不仅因为野菊花，还因为母亲这颗爱花的心。

母亲喜欢养花，小院里种了各种各样的花，每到春天，樱桃花、桃花、杏花，赶趟似的开，母亲常在花树下做针线。

我曾经问过母亲，家里并不富裕、生活琐碎烦恼那么多，怎么还有心思和时间种花？

母亲微笑着说："过日子就是过日子，可不能潦草马虎。"

我一直深深记得母亲的这句话，从小到大的记忆里，母亲总是笑呵呵的，很少因生活焦躁或者苦恼。

以前，我们家很穷，买不起新衣服，但母亲的针线活很好，可以给我和姐姐做很多漂亮衣服，她甚至会为了给一条裙子配一条花边反复斟酌，仔细考虑用哪一种花边最漂亮。

我说，何必那么认真？没有人会在意一条花边，母亲很严肃地对我说："本来就不是为了让别人在意，只是想让你记住，自己的日子不要潦草打发。"

小时候，我并不能真正理解母亲这番话的深意，我只记得，从小到大，家里的花花草草很多：有母亲从田间地头或者邻居家里移植过来的仙人掌、凤仙花、向日葵之类乡间常见的植物；有母亲下地干活回家的路上，顺便掐的那把野花；有母亲种下的开得满院的野菊花；还有母亲用废弃的布头手工做的花；甚至母亲在厨房蒸馒头，也要捏成花的形状，有时是菊花，有时是玫瑰，还有的时候是莲花……

我常常看着那些花发呆，也常常看着花间的母亲幸福满满。

因为有爱花的母亲，因为有善于在生活中发现美的母亲，我们家总是和谐愉悦的，从来没有愁云惨雾笼罩，即便日子并不富裕，但母亲却有一颗富足的心。

她给我们的惊喜和快乐很简单，但这种潜移默化的影响却是巨大的。

青春期时，因为小时候烫伤落下的满身疤痕自卑，有一段时间我不愿意和同龄的孩子接触，甚至拒绝和同学说话。

母亲说，不管哪种植物，都有一颗开花的心，有时候别人看它是草，但它也在努力向上。如果你自己都没有这颗心，还让别人怎么把你当花一样看待？

我渐渐走出阴霾，也开始坦然接受自己，就像母亲说的，如果我自己都没有开花的心，别人怎么可能愿意和我交朋友？

我不再惧怕身上的疤痕，正如母亲从来没有惧怕过生活的艰难一样，迎着阳光，自然就会有满心晴朗。

我学会了自重自爱，学会了独立坚强，当然更学会了在生活中给自己制造乐趣，哪怕仅仅是一朵小花，也可以让我惊喜不断。

成家之后，我渐渐明白母亲教给我的生活态度妙处所在，我也努力传承母亲终极一生在努力营造的家风精髓——坚韧倔强的灵魂、火热开花的心，因为只有一颗开花的心，才会让我们看到生活的底色和幸福的出处，然后在波折面前无惧无畏。

❷

就像四月时，我遭遇的那个意外，卧床休息一个月后，等我终于能走出房门的时候，我在小院里缓缓地走来走去，亲近我已经一个月没有亲近的院落，然后在我偶然抬头的那一瞬间，我看到了那棵开花的树。那是小院里唯一的一棵槐树，它开了满树洁白的花，在我抬头看它的那一刻，所有的花串向我摇头晃脑、娇羞含笑，把最美好的一面展现在我面前。我在它的花下懊悔，我怎么就没有注意到它是什么时候开的呢？它的第一串花苞是什么时候长大的呢？它的第一缕清香是什么时候飘散的呢？

我注视着这满树的繁花，心里有柔柔的波。母亲看着满树的槐花说："你看这槐花，开得多好。再苦的日子，也要有开花的心啊。"

我抚着母亲的肩膀，郑重地点头。

我很庆幸，母亲一直在教我一种本领，我也很庆幸，在我人到中年的时候，我还会为了一棵开满繁花的槐树动心，为了乡间绵延的槐花感动，为了槐树上曾经留存的记忆感恩。

是母亲有意无意地保护了一种状态，这种状态让我不至于被生活压力、琐碎烦恼锻造得油盐不进，让我依然会为了世间每一种美好欣喜不已，哪怕这种美好在别人眼里无足轻重、司空见惯、不值一提。

3

如今的我，渐渐明白凡俗普通如我们，喧嚣浮躁的社会里，我们最该保持的不是完成某种状态的追梦结果，而是一颗一直在追逐梦想路上的开花的心。

只要拥有一颗开花的心，再贫瘠的土壤都影响不了果实，再窘迫的生活都不至于潦草，再艰难的处境都不至于满心痛楚。

只要拥有一颗开花的心，即便是一棵草，也可以用极致的方式，把生活演绎得多姿多彩；即便是一种窘境，也可以用轻快的方式，把苦难看得云淡风轻。

只要拥有一颗开花的心，快乐就会常伴左右，心态就会平和宁静，而幸福也就不请自来。

人生素语

李丹崖在《开花的心》里说："在美妙的大自然里，你可以看不到它——因为它们的身高；你也可以看到以后立即忘记它——因为它们的长相；你也没有必要惦记它——因为它们拥有倔强的灵魂……但是，你却不可以看不起它——因为它们拥有一颗火热的开花的心！"酸枣树如此，我们同样如此，生命本来就是一场殊途同归的遥远旅行，不过有的人走得快，有的人走得慢，有的人拄着拐杖，有的人摇着轮椅，但一颗开花的心却可以泯灭距离、烛照光明。

你有多久没有看云了？

①

因为做的报表有微小的疏漏，被领导狠狠训斥了一通。回家上网，信箱里全部都是退稿信，正坐在电脑前生闷气，儿子兴高采烈地拉着我的手说："妈妈，我们出去看云吧。"

忍不住训他："没看见我正烦着呢，云有什么好看的？"

儿子执意要拉我出去，小手比画着："今天的云可漂亮了，走吧，去看看吧。"

不情愿地跟着儿子出去，小家伙已经在院子正中央摆了两张小凳子，急切地拉我坐下，问："妈妈，你看那朵像不像一只小羊？"

我抬头，顺着儿子手指的方向，看天上的云彩。天空如巨大的蓝色渐变的幕布，那么白的云朵，悠悠地漂浮着，姿态各异，像装帧精美的画。儿子指的那朵云彩，有两个犄角，有腿，越看越觉得那就是一只小羊。

然后是蘑菇，是山峰，是彩带，是漂浮的小小水母，是棉花糖……

我在儿子的"解说"中，一会儿看着东边，一会儿看着西边，脸上渐渐有了平静的神色。如果不是他非要拉我出来，我只会一如既往在电脑前带着怨恨消磨时光，我该失去多么悠闲的心情和温暖的笑容。

　　想到这些，忍不住去亲亲儿子因为激动而通红的小脸蛋，是这个小小的精灵，把我从琐碎的生活中带到云朵的神仙故里，是这个小小精灵，把我从郁闷的心情中解救出来。

　　儿子回头看着我，笑着说："妈妈，云很好看吧？"

　　我拥着他，肯定地说："是啊，今天的云真好看！"

　　看着云朵映在儿子眼睛里，我突然回想起自己的日子，我有多久没有看云了呢？我有多久没有看云的心情了呢？

　　每天在城市的丛林中低头急行，每天在生活的琐碎中疲于应付，每天在工作的繁忙中心力交瘁，我好像已经忘了在我的头顶，还有这么温柔曼妙的东西，在蓝天上放牧，在微风中铺陈，在阳光下明媚。

②

　　想起前些日子，我也曾经因为"看云"这个话题被朋友狠狠鄙视。

　　我看到他在朋友圈发的云彩，晨光熹微时带着金边的云，充满希望；湛蓝天空上柔情铺陈的云，诗意缱绻；傍晚被夕阳映照的云，韵味自得……我一路惊叹："原来你们那儿的天空这么蓝，云朵这么美啊！我们这儿就没有这样的云，好羡慕你啊！"

　　朋友一把掐断我的煽情说："分清楚，是你那儿没有这样的云，还是你根本就没有抬头看云？问问自己，你有多久没有看天了？"

　　每天我都行色匆匆，忙着玩手机，忙着会朋友，忙着生计，确实没有抬头看云的闲适心情了。早上起来，打仗般地做早餐、心急火燎地催促儿子吃饭、急急忙忙地送他上学；害怕赶不上打卡签到，我一路风驰电掣地去上班；忙碌一天后，拖着疲惫的身躯回家，一路上还要想着没洗的衣服、没做的家务、没收拾的房间；等到所有的家务收拾完，安排儿子睡下，我还要惦记我那些总是被编辑老师告知"此稿未过终审"的稿子……我的心焦灼而又紧张，好像总有乱七八糟的事，让我苦恼，我的日子匆忙而又无趣，永远充斥那么多的烦恼，根本没有闲情逸致去抬头看云。

可是，在朋友提醒我的当下、在儿子约我去看云的当下，我突然很想抬头看看云，低头护护心。因为我艳羡朋友的日子活色生香，也向往儿子的澄澈之心。然而悲哀的事实是，身边太多人和我一样，忽视了云这样曼妙的东西，也很少看云的心情。

是我们真的忙到没有抬头看天的时间了吗？肯定不是。我们只是很久没有好好护理过自己的心灵，没有帮它清除杂草，没有帮它规整烦恼，甚至没有帮它分清主次，我们只是任由它被焦灼、压力、愤懑充满，失去了原来优雅的心情。

❸

其实，看云是诗意的放松方式，更是温柔的养心之举，当生活的压力大到没有办法承受，让我们抬头看看云，宣泄压力，倾诉烦恼；当日子的琐碎让我们顿失浪漫的心情，让我们抬头看看云，曼妙铺陈，诗意重生。温柔曼妙的云带给我们最舒缓自然的心情，幻化飘移的云带给我们活泼有情的眼光。

就从此刻起，让日子慢下来，让心灵跟上去，为一朵云的变化多姿惊喜，为一朵花的绚烂绽放开心，为一棵草的蓬勃生长赞叹，为一个梦想的持续坚持加油，然后带着愉悦的心情，收获满满的幸福和长长的人生。

人生素语

黄永玉谈生命观的时候，说过一句话"想我的时候，看看天，看看云"，在文化人的心中，天与云，都是亘古的存在，在我们普通人的眼里，天与云，都是最普通的构成，"抬头看看云，低头护护心"说的是凡俗普通的事，却让很多人忽视了那么久。有看云的心情，才会有护心的行动，带着悠闲的心态看这个多彩人间，才能让我们即使踏着荆棘，也不会觉得痛苦，即使有泪落下，却不是悲凉。

离幸福更近

1

结婚刚刚一年，她就对婚姻失望了。曾经无比相爱的两个人心生倦怠，那句老掉牙的"左手摸右手"的感觉这么快就在他们身上重演，没有激情、没有温度、没有兴趣，同一屋檐下的两个人像合租的伙伴，共同的话题无非是这月的物业费谁去交？这月的酸奶订了没有？

他还是童心未泯，会为了生活中很简单的事感到愉悦，一点儿也不像个大男人；他睡觉打鼾，吵得她睡不着；他没有很多的钱，工作也没有飞黄腾达的机会；他吃饭吧唧嘴，一点儿也不文雅……

那天他在厨房里看着菜谱学做红烧排骨，她突然对他围着围裙的样子生出厌烦，怎么他就不能像别的男人那样有升官发财的希望或者欲望呢？他怎么就甘心这么平凡呢？

带着一肚子的怨气，她回了娘家。进门就冲母亲喊：我要离婚，我才不要跟个没出息的男人过一辈子呢！

母亲听她说完，说：这世上没有完美的婚姻，你想找个完美的男人，你认为自己就最完美吗？你只能看到他的缺点，你看到自己的缺点了吗？你也有缺点，凭什么要他完美？

听到这儿，她有些失神。母亲和父亲的婚姻走过了 30 年，到今天依旧和谐，但却不能说是完美的。母亲身体不好，有很严重的关节炎；父亲挣钱不多，不能让母亲过上富足的生活，但这并没有妨碍他们的婚姻一如既往的幸福。

母亲说，你爸挣钱不多，但他细心啊，这 30 年一直照顾我，优点要比缺点多，不是吗？还有他，多宠你啊，每次你们闹别扭，都是你的错，他舍得说过你一句吗？你怎么就不知足呢？

她愣了一下，"优点比缺点多"，他的优点不是比缺点多得多吗？有多少次，他包容她莫名其妙的坏脾气？有多少次，他原谅她刁蛮任性的小缺点？有多少次，他照顾她患得患失的坏情绪？又有多少次，他宽容她经常会犯的小错误？他幽默、善解人意、忠实可靠且宠她为公主，这些还不够吗？

怎么婚前爱上他的那些闪光点，到了婚后就要被无伤大雅的小缺点给掩盖了呢？直到这时，她才意识到自己的问题所在，也终于了解了让婚姻和谐的小秘密，那就是每天给自己一个"幸福的理由"。

❷

他每天清晨起床，来回三十分钟去买豆浆，因为小镇上只有那一家豆浆店，而她爱喝豆浆；

她有时候无理取闹，他从来不生气，总是想办法用各种各样的冷幽默逗她开心；

他出门在外，惦记着给她发微信，提醒她吃早饭、晚上早点儿休息，一条又一条不厌其烦；

他出差回来，会为她带礼物，哪怕这份礼物很不起眼，哪怕这份礼物很便宜，但由他千里迢迢地带回来，总有一份牵挂在里面深深隐藏；

他替她整理文件夹，帮她清除电脑故障，帮她定时杀毒，还在电脑桌的抽屉里塞满她最爱吃的零食；

他看着菜谱学做红烧排骨，因为她说过这是她最爱吃的菜，他一次次尝试，终于做出了可以和饭店相媲美的红烧排骨；

他很细心，她有心事的时候，他安静地陪她坐着；她想哭的时候，他及时给她肩膀依靠；她害怕打雷时，他用大手拍着她的背，温柔得像安抚一个婴儿；

……

她突然发现，如果把"幸福的理由"写下来，自己的幸福根本就写不完，而正是这些细小的幸福，让婚姻温柔而多情，明媚而晴朗，但被之前的她一直忽略，她在朋友圈点赞过无数人的衣食住行，却吝啬对自己老公的真诚赞美和用心肯定。这不是本末倒置了吗？

3

我们每个人，都曾经渴望完美的婚姻，都曾经渴望离幸福更近一步，但我们都是只有一只翅膀的天使，只有相互拥抱才能飞翔。改掉苛责，我们就会发现伴侣更多的美好，每天给自己一个幸福的理由，我们就能手牵手共同走过此后的岁月、肩并肩走过中年，走到迟暮。

每天给自己一个幸福的理由，我们的幸福指数就会呈几何级数上涨，那些闪光的小细节在过去的日子里他也常做，只不过被只看缺点的她忽视了，而现在，她关注的是他的优点，心情自然也就愉悦起来，爱情越发甜蜜而温馨，人也就离幸福更近。

人生素语

　　胡适说："世间最可厌恶的事莫如一张生气的脸；世间最下流的事莫如把生气的脸摆给旁人看。"而我们做过最可悲的事是把宽容留给外人，却把苛责留给自己最亲近的人，把最好看的脸给了外人，却把最难看的脸留给爱人。婚姻一场，该彼此相爱彼此在乎，该竭尽所能给对方幸福，和颜悦色地和对方交流，不要审视、不要挑剔、不要批判、不要责怪，我们就能离幸福更近。

退开一步看幸福

①

晚上下班，门岗大爷让我取快递，我一看，气不打一处来。6个包裹，全是老公买的烘焙工具。

什么蛋挞皮、饼干模具、蛋糕模具、比萨盘……老公买得不亦乐乎，也做得不亦乐乎。只要有空，就钻进厨房捣鼓。

一个大男人，天天鼓捣这东西，有什么出息！谢了门岗大爷，我气鼓鼓地往家走。

一进门，老公兴冲冲地端着刚烤好的蛋糕："这次比上次做得还好吃，不信你尝尝！"

我说："你是准备开店还是怎样啊？模具什么时候能买到头？"

老公笑："快了，买齐了就不再买了。"

老公喂我吃了一口蛋糕，转身又进了厨房。蛋糕虽然比上次更松软，但一个大男人有烘焙的兴趣，还是让我恨铁不成钢，忍不住发朋友圈抱怨，没想到短短几分钟，有四五十位朋友点赞并评论，无一例外都说我真幸福，每天不重样享受蛋挞、点心、饼干、蛋糕……

我幸福吗？看着朋友们的评论，我陷入了沉思。为什么我眼中的烦恼是别人眼中的幸福呢？是我思维角度有问题，还是别人对幸福的定义更宽泛？

进厨房拉老公出来，准备和他好好谈谈。老公给我列举烘焙的好处：一是自己做的，没有任何添加剂，吃起来放心；二是做好之后可以送回家，父母不舍得去街上买，自己做的他们肯定舍得吃；三是烘焙可以缓解工作压力；四是女儿参与其中，动手又动脑……

听着听着，我开始设想，如果他是别人的老公，我大概也会羡慕嫉妒恨，因为经常有小点心和小零食吃，可是他是我的老公，我却用了最苛刻的语言来责怪他，用了最烦躁的心态来打击他，用了最不耐烦的口气来阻止他。

为什么我会把别人眼中的幸福当成苦恼，也许因为我没有退开一步，站在别人立场上考虑问题。如果可以退后一步，换位思考，我肯定不会责怪他。

②

梅子曾经跟我们分享过她的经历。婚后的梅子一度越来越唠叨：老公胸无大志，从来不考虑多挣点钱，梅子唠叨：就凭你每个月一千多块的工资，咱们怎么养孩子？

老公洗衣服，她说：把你的臭袜子单独洗，别和衣服放一起！他做饭，她说：谁让你买这么贵的菜？不知道节省啊……

三年时间，梅子就由温婉可人的女子变成了牢骚满腹的妇人，这个变化，让梅子很恐惧。

是爱情走到尽头了吗？还是琐碎的生活改变了他们？抑或是他的缺点遮挡了婚姻中最温情的那一面？

梅子渐渐动了离婚的念头，带着满腹的牢骚找朋友倾诉。朋友是射击休闲中心的教练，听她说完一箩筐的抱怨，什么也没说，递给她一把枪。梅子戴上防护装备和眼罩，砰地一下对准前方的靶心打过去，却没有命中。

朋友说，你闭上一只眼试试！梅子用一只眼睛瞄准目标，没想到顺利打中了！

朋友戏谑地说，闭一只眼，才能命中靶心；闭一只眼，才能看到他的好；闭一只眼，才能看到生活的目标。朋友劝梅子，结婚前就知道他的职业，那时候义无反顾地嫁给他，并不是因为他未来有可能飞黄腾达。爱的是他的善良体贴、真诚和愿意包容的心，怎么婚前睁大眼睛千挑万选的老公，婚后看到的却全都是他的毛病呢？

梅子把这句话记在了心里。闭一只眼，忽略他无伤大雅的小缺点，忽视他不影响婚姻大局的小毛病，和谐婚姻的目标不就更容易实现了吗？生活不就不会有那么多抱怨吗？

梅子告诉我们："结婚几年才明白，闭一只眼，才能保持婚姻的巩固；闭一只眼，才能珍惜对方的优点；闭一只眼，才能看见幸福。"

❸

真的，有很多时候我们的幸福需要提醒，也有很多时候，我们的幸福都在别人眼中。觉得自己不幸福的时候，学着让自己站在远处欣赏，站在别人的角度考虑问题，我们就会意外发现，原来别人更能看清幸福的细节和根源，更能看清幸福的出处和走向。

　　不如学着退开一步，站远一点儿，因为只有这样，我们就能看到那些美妙的小片段和美好的小情节，它们以一种诗意的温柔方式，亲切温暖地包裹起我们，朴素快乐地亲近着我们，而这些绽放在平淡生活中的绚烂之花，提醒着我们真的很幸福，提醒着我们忽略细微的不足，然后把满满的幸福握在手中。

人生素语

　　毕淑敏说："幸福常常是朦胧的，很有节制地向我们喷洒甘霖。你不要总希冀轰轰烈烈的幸福，它多半只是悄悄地扑面而来。你也不要企图把水龙头拧得更大，使幸福很快流失。而需静静地以平和之心，体验幸福的真谛。幸福有梯形的切面，它可以扩大也可以缩小，就看你是否珍惜。"我们的生活也常常暗藏幸福的玄机，常常提醒自己注意幸福，就像在寒冷的日子里经常看看太阳，心就不知不觉暖洋洋、亮光光。

谁动了你的幸福感

1

敲击键盘，十指在键盘上翻飞，文字如泉水般涌动，在指间幻化成一袭华美的衣，总觉得这样的文字，是自己生活的映照，一点点地照亮自己的梦想。正陶醉着，听见同事收到打款信息的欢呼和雀跃，想着人家的文字能换成钱，而自己的文字只能在电脑里悲哀地沉寂，突然就不淡定了。同样是写一篇文章，为什么结果迥异？原来，从落笔的那一刻起，就已经输了。

费了千辛万苦做好的工作，调动了自己所有能想到的办法，作图、画版、排版、美化、修饰，看着终于做好的版面，如释重负。想着终于可以顺利交差，完成领导交代的任务，正窃喜，听见同事说他模仿手头的报纸，排好一个版，只用了几分钟，突然就不快乐了。只是一份勉强糊口的工作，为什么要付出这么大的精力？原来，从认真的那一刻起，我就已经把时间浪费了。

下班回家，老公已经去幼儿园接了孩子，炉子上熬着的白米粥悠悠地冒着香气，父女两个在捏橡皮泥，绿的当叶，红的当花瓣，一朵玫瑰花在女儿的手上娇羞绽放。女儿欢呼着跑过来，扬起小脸充满期待地说："妈妈，我和爸爸送你的玫瑰花。"幸福正在小屋里弥漫。然后接到女友的电话，电话那端她的声音像花一样，倏忽一朵又一朵地开放："刚换了别墅小高层，装修完了，过完年就可以入住了。这几天我们正考虑换辆车……"突然就不幸福了。从小一起长大、一起上学、一起毕业，同一年结婚，但却没有她那么殷实的家境和富有的老公，自己还在购物货比三家的时候，她已经实现了财务自由。

顿失幸福感的时刻，我遇到过，相信你也曾经遇到或者正在经历，而我们就在跟别人对比的过程中，曾经满满的幸福感突然就变得支离破碎。

稿子没有变成铅字，是功力不够，相信只要足够认真、练习得当、勤下苦功，总会有文字变成铅字的那一天，更为关键的是，写字本身已经让自己快乐，还奢求什么呢？

工作用了更多的精力，相比别人的投机取巧，也许自己显得笨拙了一点儿，但笨鸟才应该多练习，锻炼自己的同时也为以后的工作做好了铺垫，这难道不是独属于自己的收获吗？

家庭生活不富裕，但和谐和温馨总在，何况当初自己奋不顾身选择的这个人，只是因为相爱，并没有在意物质，为什么要用当初完全不在意的东西来扰乱如今的心情？

然而悲哀的事实是，我们中的一部分人容易被别人打扰，乱了步骤，也坏了心情。

❷

朋友卷卷说上周末回家看老妈的时候，她兴冲冲地买了老妈爱吃的菜：蒜薹、金针菇、豆腐皮、西蓝花。她还给老妈买了按摩椅。卷卷说按摩椅是货比很多家之后才买的，是老妈最需要的，而且她已经提前编好了价格，绝对会让老妈觉得"物美价廉"。

卷卷兴冲冲地走在回家的路上，相熟的乡亲们有人夸她有心，知道经常回家看看，但也有些乡亲带着嘲弄的口气说："哎呀呀，这么大老远来看妈，就拿点素菜啊！日子节省，回家看老人不应该节省吧。"卷卷说她当时只能无奈地笑笑，但毫无疑问，她悲哀地发现乡亲的嘲讽让自己很不自在，心情好像都受到了影响。

卷卷懊恼地说："如果不是他们的冷嘲热讽，我想那会是个美好的周末，就像平时我喜欢的周末一样，母女情深，岁月静好。可是这些不合时宜的嘲讽，让我很不舒服。"

卷卷说，后来还是母亲劝她的，母亲说："一个人的心就那么大，装烦恼多了，就没地儿装美好的东西了。我不吃肉，你就买了蔬菜，只要买对了就行，管别人怎么说呢！"

卷卷的倾诉让我回想起自己曾有的一段心理状态。我平时有个小爱好，给喜欢的杂志写点儿小稿子，在键盘上敲敲打打记录下自己的心情，曾经幻想对文字的坚守可以支撑自己的梦想，也一直在用心鼓励自己在这条路上一步步慢慢往前走。然后有一天，身边同样在写稿的同事网站上的一本书火了，看着同事接受记者采访，上当地的晚报和电视台，我突然就不淡定了，开始怨恨自己蜗牛一样的步伐，对自己生出急躁和焦虑、怨怼和不安。虽然不愿意承认，但我还是不自觉地拿自己和同事对比，是不是自己本来就不适合这条路？是不是自己本来就不应该对文字抱有不切实际的幻想？甚至一度写稿动力都受到了影响。

跟闺密说起这些烦恼，她笑我："干吗总要因为别人影响心情呢？只要你正在努力地做最精彩的自己，不辜负时光和天赋，至于结果，原本就无所谓。"

是啊，如果不人为地自我加进烦恼，我想卷卷和我都不至于坏了心情、搅乱了自己的步伐。

❸

很多时候，心态给人的影响是巨大的，有的人好牌能打烂，而有些人烂牌能打好，其中很大一部分原因在于心态的差别。心态好的人可以在烦恼的另一面看到价值，总结出对自己有用的经验，而心态差的人却只能在幸福的另一头看到烦恼，白白扰乱了自己的心境。

其实，我们的幸福感是自己营造的，跟任何人都无关，只要我们的内心足够强大，能坚决地对不该在意的情绪说不，让自己的心处在一个安全的空间，不主动加进烦恼，也不允许别人派发烦恼，谁都不能动了我们的幸福感，除了我们自己。

人生絮语

列夫·托尔斯泰说："幸福不表现为造成别人的哪怕是极小的一点儿痛苦，而表现为直接促成别人的快乐和幸福。"很多人的悲哀在于，不仅没有直接促成别人的快乐和幸福，还因为别人的一句话、一个眼神、一个状态惊扰了原本属于自己的幸福。幸福其实就是一种心境，只要心中有阳光，无论走到哪里，都能沐浴幸福的雨露，凡俗普通如我们，幸福在于宽恕和热爱他人，更在于不受别人的打扰。

幸福并非遥不可及

1

星期一早上一到办公室，就听小刘在抱怨老公，原来周日是她的生日，老公完全忘了这回事，连一条短信都没有。小刘说："遇到这种不懂浪漫的老公，还有什么幸福感可言？"

一群同事"群起而攻之"，这个说她太矫情，那个说她身在福中不知福，这个说偶尔忘一次生日很正常，不至于上纲上线到不幸福的地步，那个说小刘老公既顾家又能挣钱，已经很难得了。

小刘听我们都说她的不是，崩溃地说："老公不浪漫，我都没有幸福感，想着你们会安慰我，没想到全成我的错了！"李哥说："既然说到幸福感，咱们来做一次关于幸福感的测试题吧。"

一听测试题，大家都来了兴趣，催促李哥赶紧念题，就听李哥念第一题："你知道你曾祖父母的名字吗？"我们都说这很容易，都知道。第二题："你知道你家周围那些植物的名称吗？"有些同事考虑了一下，说有几种还真不知道名字。李哥再念第三题："你知道它们是几月开花、何时落叶吗？"听到这儿，大家都开始抗议："你这是啥题啊？这不是敷衍人吗？幸福感测试不应该是很高大上的问题吗，怎么可能是这种司空见惯的小题目？"

李哥说："你们还别不相信，这可是不丹对人们幸福感的测试题。"

不丹，我们都知道，那个据说人民幸福感大于 GDP 的国度，"幸福感指数"的概念最早还是由不丹国王提出来并付诸实践的。据说，在人均 GDP 仅为 700 多美元的南亚小国不丹，国民总体生活得较幸福，幸福感指数全球最高。原来测试题这么简单，不丹人们认同的幸福这么简单，根本不像我们预想的那样，都是奢侈品，根本遥不可及。

这个发现，让我们集体沉默了，因为我们经常像小刘一样抱怨自己不幸福，抱怨自己有太多不如意，好像幸福就是拉磨驴子眼前的那根红萝卜，虽然一直在追，但永远都追不上。

可是，那个幸福感爆棚的国度里，幸福感一点儿也不奢侈，一点儿也不难得，它甚至可以说随处可见，就在我们的日常生活中，关键看我们有没有把握幸福的能力。

2

办公室的这道测试题，也让我开始重新静下心来审视自己的生活。

有了二宝之后，我的日子一度凌乱不堪，时间被拆分得很零碎，精神被紧绷着很脆弱，每天应付他的吃喝拉撒睡已经筋疲力尽，根本没有属于自己的时间，想看会儿书或者写篇稿子都成了奢望。尤其大宝放学后，在家里"上蹿下跳"，玩具扔得到处都是，还有各科作业需要辅导，每天仅洗衣做饭、收拾家务、陪大宝学习、照顾二宝，已经把我累得腰酸背痛、筋疲力尽。

我经常在二宝睡着之后，看着窗外的云朵心生向往："什么时候我才可以从柴米油盐酱醋娃这个牢笼里逃脱出来，有片刻的喘息？"

那天，小夏来家里玩，羡慕地说："姐，你也算人生圆满了，一儿一女，凑成了一个好字，很幸福吧？"我不禁苦笑，家里有俩孩子都快把房顶掀掉了，每天都只能用"焦头烂额"四个字来形容，还哪有什么幸福可言？

小夏却说："你可别身在福中不知福啊，好多人想生都生不了呢，你这坐拥一双儿女，怎么还感知不到幸福？"

我真的幸福吗？我是不是原本不缺幸福，缺少的只是不丹人们的幸福感呢？不丹关于幸福感的那几道测试题，不就告诉我们幸福指数和金钱、地位无关，只和心态和发现的眼睛有关吗？

从那以后，我开始换个角度看问题，用心发现家有二宝的幸福：做饭时，大宝给二宝讲故事，一大一小两个人坐在沙发上，这个讲那个听，相亲相爱的样子，让我想起那句话，世间兄弟姐妹都是生死之交，大宝和二宝会是往后余生彼此最亲近的人；大宝放学回来，一进门二宝就扑上去给个大大的拥抱，两个人欢笑着搂作一团，家里连空气都活泼灵动起来；有二宝之后，大宝开始"火速"长大，开始懂得照顾人，不仅学会了照顾弟弟，还学会了心疼我，会主动带着弟弟下楼玩，让我在家休息一会儿……

原来，这些微小的小情节，累积出来的却是盛大的幸福，它一直就在我的身边，一直就在我的手里，可我却戴了两个不同的眼镜来看它：一个放大了烦恼，另一个却缩小了幸福，我只看到了家有两个宝给我带来的忙乱，却没看到家有两个宝给我带来的双倍幸福和双倍快乐。

3

也许，我们都应该学学幸福感爆棚的不丹人，会因为知道曾祖父母的名字，拥有一个和谐稳定的家庭关系感到幸福、会因为可以欣赏到家门口的花花草草而感到愉悦。幸福感并非遥不可及，它其实随处可见，就藏在我们的日常生活中，就藏在我们的身边小事里。

每一个微小幸福所累积出来的盛大幸福，都是我们努力想要接近的方向，也是我们一生都该追求的目标。

人生素语

　　美国著名盲人女作家海伦·凯勒曾在自传中说：假如给她三天光明，让她亲眼看看这个世界，她就是最幸福的人。南非前总统曼德拉曾经说过，坐牢时每天晒半小时太阳，便是自己最幸福的事了。仔细想一想，当我们身体健康，可以自由地呼吸空气；当我们衣食无忧，用不着忍饥挨饿；当我们睁开眼睛，细听鸟鸣、品闻花香……我们的幸福，已经超过这世上很多人了，幸福并非那么遥不可及，它就在我们手中。

幸福有一千种模样

1

和朋友老杨一起吃饭，老杨一直在替爱人小何剥虾，同桌的我们一边夸老杨是个好男人，一边羡慕小何是"被宠爱的女人"。

小何说："从小到大都是我爸剥给我吃，我爸不在之后我就不吃了。我妈就说吃虾一定要是男人帮你剥。嫁给老杨后，他如果帮我剥我就吃。"

一桌人都有点儿若有所思，有人从中找到了经营婚姻的精髓，夸小何撒娇女人最好命，适当示弱更幸福；有人从中发现了怨恨发泄的源头，敌视都一把年纪的小何还公主病、矫情。

我个人并不认为小何是公主病，也不认为小何在"作"，如果非要说是"作"的话，小何的"作"也是一种高端的"作"，而不是低级的"作"。

低级的"作"不长脑子，对着爱人颐指气使：你不替我剥虾就是不爱我！

高级的"作"很有艺术，对着爱人娇羞婉转：你可不可以替我剥虾啊？你剥的虾最好吃了！

敢问，同样一件事两种表达方式，你更喜欢哪一种？我猜，大部分人都会选择第二种吧。因为这种"作"是在和亲密关系中的另一半表达"需要"和"被需要"，是一种良性互动。

而第一种"作"是在向亲密关系中的另一半下达"必须"和"坚决执行"的命令，是一种恶性欺压。

其实，剥虾什么的都是小事一桩，小何的剥虾论，也只代表在她的婚姻生活中，这种方式被她和老杨双方认同而已。你帮我剥个虾，我给你做个点心，多幸福的场景啊，总比你吃你的虾，我做我的点心更温馨吧？

所以，这种"作"，是高端的"作"、适度的"作"，这种"作"可以让亲密关系中的两个人多一点儿互动，也能让婚姻多一点儿情趣，就像怡情的调料一样给婚姻增加味道，令男人回味无穷。

剥虾还是不剥虾，只是夫妻相处中小得不能再小的小事情，只代表夫妻相处中的习惯而已，并不能解读为爱情的模板——"男人替你剥虾代表宠你，不替你剥虾证明不爱你"。

❷

可是，参加完饭局的表妹却被老杨给小何剥虾的动作影响，一遍遍回想自己和男朋友吃虾时"自己动手、丰衣足食"的"悲凉"和"你争我抢、互不相让"的"尴尬"之后，表妹愤愤地说："哼，别说替我剥虾了，不仅不替我剥，还跟我抢！根本就是心里没我！"

我问表妹："你希望他为你剥虾吗？"表妹想了想："其实也不是，我和他你争我抢吃饭才有意思。"

我笑："所以别人的老公剥不剥虾，跟你有什么关系？"

表妹不好意思地低下头："这不都是跟别人比的吗？"

也是，我们生活在一个资讯通的年代，尤其有了朋友圈之后，很多人的烦恼都在"比较"中纷至沓来：

A的老公做得一手好菜，还浪漫细胞爆棚，怎么自己身边这个人，连说句话都能给人噎死？

B的媳妇不仅人长得美，还超级会挣钱，怎么自己的媳妇除了一日三餐照顾家里之外，就没挣过一分钱？

C的男朋友每个节日都会发一个大红包，还附带脸红心跳的情话，怎么自己的男朋友连个纪念日都记不住？

……

于是，开始不淡定了，"别人的爱情"成功地动摇了"自己的幸福"。

我厌烦那种拿别人的"条条框框"来分析自己"受伤"理由的人，什么他不为我剥虾就是不爱我，不给我买口红就是不爱我，不给我送纪念日礼物就是不爱我……

有些不买口红的男人同样在意你，他可能给你买个保温杯，让你注意身体。

有些给你送纪念日礼物的男人也不一定就爱你。

这世上有一千对亲密夫妻或热恋伴侣，就有一千种相处方式，生活有千百种面孔，爱情也有千百种模样：寒冬腊月里一人一半地分享街边买到的烤红薯，是爱；晨光熹微中，手牵手去喝一杯豆浆，是爱；每天晚饭后，强迫对方去锻炼遛弯也是爱。

我从来不认为爱是可以定义的，什么"爱不爱你，上次床就知道了；爱不爱你，吵次架就知道了"之类的，每个人的婚姻都有不同的相处方式，每个人的爱情都有自己独特的底色。只凭简单的别人的标准来判定爱情的走向和一段感情的始末，不仅愚蠢而且低俗。

❸

我曾经问过我爸，爱情是什么？我爸说：爱情是给你妈剪脚指甲的指甲剪。当我爸戴着老花镜，眯了双眼，把我妈的脚放在手心上，耐心地为我妈剪有些畸形，甚至长进肉里的脚指甲时，我知道有爱在发生。

我也曾经问过我妈，爱情是什么？我妈说：爱情是缝在被子里的线，有时候能看得见，大多数时候却看不见，它隐藏在被子里面，正是这样的线把被面和棉絮紧紧地缝合在一起，结实耐用。生活这床棉被坚固而温暖，爱同样如此。

你看，每个人对爱情的理解都不同，每个人对婚姻的期待也不同，只要自己的爱情恒定而温暖，管别人的爱情是什么模样呢？

和别人比较是烦恼的根源，因为比较，我们的烦恼人为地被扩大；因为比较，我们的烦恼突兀地显现；因为比较，我们的生活乱了阵脚。

别人的老公剥不剥虾，其实跟我们的爱情并没什么必然联系，我们不需要用别人的理论来审视身边人，更不需要以此来评断自己的爱情。

人 生 素 语

　　作家苏芩说：一个人爱你，会在心里时时记挂着你，一个人很爱很爱你，会在平时处处纵容着你。只有那些把你看得比他自己还重要的人，才会宠着你。就像一千个人心里有一千个哈姆雷特一样，这世上有一千对亲密夫妻或热恋伴侣，就有一千种相处方式，生活有千百种面孔，爱情也有千百种模样，每个人的婚姻都有不同的相处方式，每个人的爱情都有自己独特的底色，只要自己的爱情恒定而温暖就已经是最好的幸福。

做一个有个性的女子，绝不甘心泯然于众

你在干吗呢？

①

闺密最近总跟我抱怨，说她被千里之外的父亲"监视"，看我一副疑惑的表情，闺密解释说，远在老家的父亲每天给她发三条微信，分上午、中午、晚上三个时间段，微信的内容一模一样："你在干吗呢？"

闺密说，就因为自己29岁还没有结婚，被家里催婚的次数太多了，每次她都拒绝回答。现在倒好，父亲换方式了，改成微信了，每天三遍，其实父亲的意思无非是，你在干吗呢？是不是在约会？男朋友固定下来没？什么时候结婚……想想都觉得心烦。

看闺密一脸愤愤的表情，我不禁有点儿想乐。

她父亲的"你在干吗呢"也许并没有代表那么多催婚的意思，但表达的却是一位父亲的深情。

多年以前，姐姐远嫁到另一个城市，父亲几乎每天都给姐姐打电话，电话内容一模一样："你在干吗呢？吃饭了没？"我抱怨父亲，整天都是同一句话，您也不嫌烦。

父亲眼睛一瞪说："我不嫌烦，我就想知道你姐好不好，我和你妈惦记她。"我不屑："想她，直接跟她说你们想她就行，干吗整天问'你在干吗呢'，烦不烦？"

父亲没有回答我，倒是母亲笑笑："让你爸说想你，那不是要了他的命？他又不像你们年轻人会表达。"

我突然明白，也许对年轻人来说，说一句我爱你、我想你很容易，但对于父辈，他们已经习惯了把爱深藏在心底，他们的关心无非外化成一句："你在干吗？"

理解父母的用心后，我再也不烦他们的同一句问话了，每次父亲问我"你在干吗呢"，我总要叽叽喳喳地把心情告诉他：我在约会，心情很好；我被领导表扬了，可开心了；我和朋友在逛街，买了很多新衣服……

因为我开始明白，父母的一句"你在干吗呢？"只是想知道你一切都好，能吃能睡，心情愉快，哪怕你回他一句："我准备上床睡觉呢"，对他们来说也是莫大的安慰和满足，因为他们知道，自己惦念的儿女一切如常，可以放心睡个安稳觉了。

2

其实，恋爱时的男女，每天常说的话，除了"我爱你""我想你"之外，大概也是"你在干吗呢"。

片刻都不想分开，恨不得分分秒秒黏在一起，既想对方时时刻刻都在自己身边，又想分分秒秒和他联系，不得不分开时，也会惦记和对方分享一切：今天点的外卖很好吃，但还是比不上你做的；写字楼对面的橱窗模特，眉梢眼角好像有点儿像你；在单位收了快递，肯定又是你偷偷买给我的……于是，所有想要分享的时刻，都会问对方"你在干吗呢"。

如果刚好你们同时问出了那句"你在干吗呢",幸福就像点燃的烟花爆竹,噼噼啪啪地绚烂,恨不得昭告天下,自己心心念念惦记的人,也在惦记着自己,由"你在干吗呢"引发的话题可以开开心心地持续下去,天南海北地聊,忘了你们刚刚分开不到两个小时。

"你在干吗呢"在恋爱时成了高频词汇,同一个话题会被重复无数次,同一种甜蜜会要拷贝无数回,同一种幸福会被克隆无数遍,因为处在恋爱的甜蜜中,所有的废话都不能称之为废话,"你在干吗呢"反而是最温暖、最甜蜜的句子。

那些废话连连的日子,那么甜,那么暖,那么回味悠远,绝对是爱情的滋补品,正因为有它们的存在,爱情才明艳可口,生活才多姿多彩。

只有爱着一个人的时候,才会时时刻刻都想知道对方在干吗,心情好不好?工作顺心不顺心?有没有好好吃饭?有没有想念自己?"你在干吗呢"潜台词其实是我在想你、我在惦记你。

3

这个世界上,有一种关心叫作"你在干吗呢",不管是亲情,还是友情,抑或是爱情,它都有共同的特征,以思念和惦记为茎,以关心和牵挂为蕊,以疼爱和珍惜为叶,然后轻悄悄地在你的眼前,倏然开出花一朵,那份悄悄隐藏的深情,那份呼之欲出的情谊,就在这普普通通的"你在干吗呢"这五个字里。

若不是想念你,谁会一遍遍问候你?若不是关心你,谁会一次次靠近你?

有些人不善于表达，他最深沉的爱，简单幻化成了一句"你在干吗呢"。我们没有理由轻视这种关心，更没有权利拒绝，因为他们的爱比别人的更深沉，他们的关心比别人的更浓烈。虽然只是一句简单的"你在干吗呢"，但却代表了他时时刻刻的关心，代表了他非常非常想你。

人生素语

小时候，父母手里的一个小玩偶或一支棒棒糖，都能让我们大喊一声"爸妈，我爱你们"，然后欢快地钻进父母的怀里；我们脸上一个卖萌的表情和一个澄澈的笑容，都能让父母抚摩我们的头发、亲吻我们的脸颊。彼时的我们，都可以毫无顾忌地表达爱。此去经年，我们长大，父母变老，我们开始羞于表达爱，最深沉的爱，简单幻化成了一句"你在干吗呢"，它包含着惦记，代表着在意、表达着爱意，诠释着深情。

我退了 32 个群

1

晚上正挂着微信和编辑沟通留用稿件需要继续修改的细节，右下角的小窗户使劲跳，点开，果然又是朋友在群里分享游戏战果，什么排位赛成绩、什么战绩排行榜……

群里的朋友热衷玩游戏，宁愿不吃午饭都要争分夺秒玩，一旦过关斩将得了高分，就会随时在群里分享自己的战果。

可是我，向来对玩游戏没有任何兴趣，对让他们痴迷的这款游戏简直深恶痛绝，他们的分享我一点儿也不感冒，但他们分享的频率如此之高、刷屏的速度如此之快，让我终于下定决心点击了退群。

我承认，我有强迫症，每次打开微信，扑面而来的都是各个群的消息，一排红色的数字，显示有几十、上百甚至几百条群消息。

我总是受不了这些数字，一定会全部点开一下，然后再"删除该聊天"。随着加入的群越来越多，我挨个点击、删除需要用的时间也就越来越长，时间久了，真的不胜其烦。

应该说，我们很幸运，微信也很方便，只要我们愿意，认识不认识的人，只需要一个群，就可以秒变"相亲相爱一家人"。只要我们同意，天南海北的人，只需要一个键，就可以顺利"有缘千里来相聚"，群在沟通交友、联络感情上功不可没，但有些时候，群也让我们"想说爱你不容易"。

我退出的这个群建了三年了，群友们除了热衷晒游戏排行榜以外，还热衷转发各种各样的小视频，待在群里的原因是大家抬头不见低头见的，不进群感觉不合群，好像准备划清界限似的，表明自己不屑于与人家为伍，我只好加入，也一直碍于面子没有退，但我真的不认同他们转发的那些三观不正的小视频，更不喜欢他们的游戏战报，何况在我跟编辑沟通稿子细节的时候，群消息明显影响了我的心情，还不如退了心静。

2

退群这件事，好像也上瘾，退出了第一个群，我开始筛选自己的其他群。

手机一翻，吓了一跳，我竟然加了35个群，有的群里熟人很多，有的群里几乎没有一个熟人，我甚至已经想不起来当时是在什么场景下进的群。

微信时代，进群很容易，加群也很容易，每天都会被不同的人拉到不同的群，虽然进群之前，拉我进群的人需要经过我同意，但面对别人的邀请，不同意就不给人家面子，我基本上都选择同意，何况有些时候拉我进群的还是编辑，我根本不会不同意。

就像没有无缘无故的爱、没有无缘无故的恨一样，同样没有无缘无故的群。

每个群建立之初大概都有建群的理由，比如联络感情，比如交换资源，比如抱团取暖，比如互相监督，比如打卡日更……虽然每个群都有自己的使命，但我们不得不承认的是，慢慢地，有些群渐渐偏离了之前的初衷。

联络感情的群成了为孩子拉票的群，交换资源的群成了微商广告群，抱团取暖的群成了红包口令的群，互相监督的群成了吐槽婆婆妈妈琐碎事的八卦群，连日更打卡的群也变成了没完没了斗图的群。

虽然不愿意承认，但有些群真的渐渐变成了鸡肋，更要命的是它们无一例外占用了我们的时间和精力，甚至有些时候它们还可能影响心情。

以前参加的抱团取暖群里有个话痨，遗憾的是她的话积极的少、消极的多：婆婆中风偏瘫之后，不仅不能帮她带孩子，还得让她照顾；老公没有飞黄腾达的机会，不能给她更加富足的生活；同事苛刻而又无趣，办公室气氛很压抑；纸媒倒闭了那么多，简直是不给人活路了……

我在屏幕这端，看着那些"抱怨"的话，犹如开放的一朵朵有毒的花，把"污染"扩散到了我的眼前。

生活压力这么大，工作的烦恼这么多，每个人都有"丧"的时候，但我们需要正能量的朋友，来给情绪找到出口，来给生活增加动力，来给日子添加颜色，最不需要的是让别人把"抱怨"扩散给自己，把"烦扰"传染给自己。

所以，退出那个群，我一点儿也不留恋。

3

我总共退出了 32 个群，保留了 3 个群。一个是办公室工作群，一个是同学群，还有一个是写作群。

办公室工作群工作纪律不允许退，同学群不愿意退，写作群不舍得退。

同学群里有很多这些年一直陪伴在身边、留在记忆里的亲密朋友，很多少年时代的记忆常常随之复活，前几天群里还在发同学们各自 18 岁时的照片。

看着 18 岁的自己，脸上除了满满的胶原蛋白，还有稚嫩和青涩，已经人到中年的同学们有的感叹、有的缅怀、有的怀念，还有的无言以对，不胜唏嘘。

同学们偶尔会聊自己生活和工作的情形，留在老家工作的同学，常常在群里发布聚会时的图片和视频，满满的都是记忆的味道。我常常在翻看同学们只言片语的生活时，深深怀念 18 岁那年无知无畏的勇气和愿意为梦想付出的每一次努力。

写作群，不舍得退。老师会时不时在群里指点大家稿件的问题，也经常会有讲课资料的分享，群友们也会交流写作习惯、平台经营、写作方法等问题，我们因为同样的目标，聚在老师的周围，为实现自己的梦想添砖加瓦，老师和群友们的建议常常精准而又温暖，我不舍得退。

也许以后我们还是会有很多群，就像我们会经历许多个集体一样，大的小的，长期的临时的，主动添加的被迫加入的……我们会因为群结识一些人，然后在一段时间里朝夕相处。

但是，从来没有一个值得我们盲目热爱的集体，也从来没有一个值得我们盲目热爱的群，我们在意的只是值得交心的同类。每个人的时间都有限，同类才能真正相亲，其他的真的不必浪费时间和感情。

其实，到底是留在群里还是退群，考验的不仅是你对时间和精力的管理水平，更考验你对贴心知己和泛泛之交的辨别能力。

人生素语

　　每个微信群建立之初都有建群的理由和自己的使命，比如联络感情，比如交换资源，比如抱团取暖，比如互相监督，比如打卡日更……微信群曾经是我们的人生小站，烦恼有人倾听，快乐有人分享，迷茫有人指点，前行有人抱团，我们带着这样的初衷进了群，但我们不得不承认的是，慢慢地，有些群渐渐偏离了之前的初衷。到底是留在群里还是退群，考验的不仅是你对时间和精力的管理水平，更考验你对贴心知己和泛泛之交的辨别能力。

半山腰也有风景

1

晚上，文友清秋在群里发了一个大红包，庆祝自己的新书上市。如果我没记错的话，这应该是清秋出的第 8 本书了。

一群文友热热闹闹地抢红包、排队祝贺之后，私聊窗口里，石头偷偷问我："清秋又出书你有没有受刺激？你看看人家，公众号文章被千万级大号转载，书出了一本又一本，你再看看咱们，都是混迹在文友圈的，什么成绩都没有。"

清秋比我和石头小得多，但文笔很老到，写过很多转载率超高的爆文。清秋在朋友圈发自己写的文章，点赞数比我微信上好友的总数都多。

至于她写的公众号文章，更是到处可见。晚上刷手机，不在这个号看到她的文，就是在那个号看到她的文。她总有各种新鲜的话题和观点，更厉害的是她能摸准公众号的风格，总能写出激起共鸣的文章。

石头说："既然选择写作，咱们就该向人家学习，也努力走出一条路，整天待在山脚下不思进取，啥时候能看到山顶的风景呢？"

石头的看法我并不认同，我开玩笑地说："待在山脚，或者待在半山腰都挺好，也能看到风景啊。"在写作这件事上，我其实也很努力，忙着看书、忙着列提纲、忙着打草稿、忙着一遍遍修改，但就像石头说的，我并没有取得什么成绩，待的位置也只是山底或者说半山腰。

但我一直认为，写作和爱情一样，并不是努力就一定有结果，我陶醉于自己努力的状态，并没有附加成名成家的奢望，也并没有附加任何其他可望而不可及的目标。

假如写作是登山，山顶的人会有更广阔的视角、能看到更美好的景色、有更好的发展前途、有更多的观众，但谁又能说，像我这种跋涉在路上，在山脚或者说半山腰的人，眼中就没有风景呢？

❷

夏天的时候，单位曾经组织去山顶公园采风，山并不高，海拔八百多米，因为越往山顶台阶越多，偏胖的李哥走不动了。虽然大家一直劝"最好的风景在山顶"，李哥还是坚持："你们继续上山吧，我在这儿等。"

山顶风景真好，新修的玻璃栈道让我们惊喜不已，不仅挑战勇气也增进同事感情。双脚踩着山顶，背后是云海，身边有微风，眼前有伙伴，尽兴的同时，我们都想到了半山腰的李哥，山顶这么好的风景都错过了，一个人在半山腰等着多无聊。

没想到，返程半山腰见到李哥时，他正和村民们聊得热火朝天，一见我们，他就兴奋地说："我带你们去看'桃花源'。"

原来他在半山腰发现一条小路，顺着小路一直走过去，竟然是一个水库。水很清，平铺的绿意荡漾水上；山很静，厚积的山脊倒映水中；野鸭很多，灵动的身体划起阵阵涟漪。

更美妙的是，沿着水库边沿的青石台阶走过去，有一处民宅，房前的蔷薇花开得正旺，爬山虎层层叠叠、匍匐蔓延，如绿色的瀑布。

微风吹过，爬山虎的叶子整齐地颤动，像海浪一般，在整面墙上画出最美妙的波痕。

我们不禁惊叹："真的是桃花源啊！"

李哥得意地说："谁说只有山顶才有风景？山顶和山腰有没有风景，主要是心境，只要用心寻找，哪里都有风景。"

李哥的话，点醒了我们。谁又能说玻璃栈道就一定比"桃花源"风景更好呢？谁又能说只有爬到山顶才能看到风景呢？寻找风景的心境才是王道，山顶还是山腰根本不是问题所在。因为有了这样一种心境，不论身处何地，不论在怎样的境况下，都能身处风景之中。

3

年少时，我们都梦想过成为英雄，振臂一呼、应者云集，也曾经梦想过成名成家，功成名就、名利双收，我们常说"山顶才有最美的风景"，于是，所有的注意力都在埋头赶路上，爬不到山顶会抱怨自己白白浪费了时间，会痛恨自己远远没有达到既定目标，会怨恨自己一直追不上山顶上的那个人。

此去经年，我们中的大部分人成了烟火红尘中的普通人，过着平淡无奇的生活，做了热心的同事、和善的邻居、合格的父母、最好的伴侣，却没能成为那个站在山顶的那个人。但那又怎样？只要没有违背自己的心意，只要没有放弃自己努力的步伐，做一个半山腰的普通人又何妨？

真的，我并不是鼓吹放弃，我也从来不赞同没有全力以赴就接受现实的想法，但就像老话"同行不同命"一样，有很多时候，我们并不一定能成为某个行业的个中翘楚，也有些时候，努力并不一定能达到自己预想中的目标，但我们却没必要把注意力放在山顶那个难以望其项背的人身上，因为和他比较，只会让自己更焦躁不安，只会让自己否定自己的坚持和努力。

其实，更好的方法是设定目标，但也不用把目标当成唯一愿望，没完成目标时，更用不着否定自己，因为半山腰也有风景，它一点儿也不比山顶的风景逊色。

人生素语

山顶风景秀丽，但并不代表半山腰没有风景，只要我们一直成长在追求风景、成为风景的路上，我们就可以接受自己暂时处于半山腰的现实。我们的烦恼常常都是比较出来的。和山顶的那个人比较是烦恼的根源，因为比较，我们的烦恼人为地被扩大；因为比较，我们的烦恼突兀地显现；因为比较，我们的生活乱了阵脚。其实，我们最应该做的是和自己比较，只要自己的生活今天比昨天好，只要自己的状态今天比昨天好，这就是希望，就是进步。

有时候，忽视是一种美德

①

二胎政策放开后，40 岁的蔡姐蠢蠢欲动，从身体准备到心理准备，从照顾大宝情绪到提前协调好工作和家庭关系，事无巨细已经安排妥当。

蔡姐主动从重要岗位上退下来，换了稍微清闲一点儿的岗位，调养身体、全力备孕。拒绝了所有不健康的生活方式，每天的饮食严格按照营养搭配、每天雷打不动地锻炼身体，每次看她喝完那杯褐色的中药，我都会对她竖起大拇指："蔡姐耐苦能力超强，那么苦的中药竟然能坚持喝几个月。"蔡姐一握拳头说："那当然，为了要这个二宝，我必须拼尽全力。"

后来蔡姐终于如愿以偿怀上宝宝，她开始开开心心地买孕妇装、柔情似水地买婴儿用品、开始深思熟虑帮孩子取名字，每天都开心快乐地等待着小宝宝的到来，我甚至都可以想见她满目柔情看着她的孩子出生的那一刻。

本来这应该是个完美的故事，然而怀孕五个多月的时候，因为检测不到胎心，蔡姐不得不做了流产手术。急火攻心，她一下子病倒了。

看望的同事去了一拨又一拨，无一例外都要详细追问过程：

"好好地，怎么会没有胎心呢？什么原因造成的？"

"之前孕检的时候不是好好的吗，是以前没有检查出来吗？"

"看你这么长时间、那么辛苦地备孕，这个结果真是不甘心。"

"别那么难过，先养好自己身体再说，以后身体调理好了再重新开始吧。"

"事情已经到了这个地步了，别再去想那个孩子了，他跟你没有缘分。"

……

听着同事们你一句我一句的劝解，我却对这场意外只字不提。

从蔡姐家回单位的路上，有同事说我嘴笨，连安慰人的话都不会说。可是我能说什么呢？明明已经看到了蔡姐那么辛苦的备孕过程，明明已经看到了她为要这个孩子付出的一切努力，所以我轻而易举就可以想到她的难过和伤心。

关键是，这些所谓"安慰"的话说了有何益处呢？不过是一次次揭开伤口罢了，不过是一次次提醒蔡姐一遍遍回想伤心往事罢了。

我想这个时候，蔡姐并不需要回想伤心的一幕幕，她需要的是大家的忽视，忽视她曾经小心翼翼呵护的这个孩子无缘与她相见。

2

我想起小妹参加完高考时的事，她并没有发挥出应有水平，和她理想中的大学失之交臂，最终同意调剂，选了一个不太喜欢的专业。

那些日子，询问小妹成绩的人很多，有亲戚、有朋友、有同学、有邻居，从高考发挥失利的原因分析到心态调整，从专业未来的就业趋势到要不要再去复读一年，不管谁说什么，于情于理小妹都要应和着，看得出来，她已经疲于应付，根本不想再回答那些重复了一遍又一遍的话。

晚上送走七大姑八大姨后，小妹崩溃地说："姐，你不知道我多希望他们忽略这件事，我不想再回答任何一句话，我被问得头都大了！"

小妹的话我完全理解，因为我有个朋友跟我说过同样的话。

那时，她母亲刚刚因病去世，还没有从伤痛中走出来，然而，熟悉她的人见了她，话题总是围绕她的母亲，她母亲生前的慈爱和善良、她母亲对亲朋好友的周到和对街坊邻居的慷慨、她母亲临终前被病痛折磨的痛苦……虽然会陪着落几滴伤心泪，但最痛的还是我的朋友。

朋友曾流着泪说："我不想再面对他们询问的眼光了，虽然我知道他们是善意的，但戳痛的却是我的心。我希望认识的人都别那么关注我，让我自己静静地去想母亲！"

3

好像一直以来，我们都容易"爱心爆棚"，也容易"同情心泛滥"，面对别人的生活总有指点一二的冲动，可是有些事，身在其中的人是希望别人遗忘的，他们甚至不愿意继续参与这个话题的问答，不愿意接受任何的探寻，这种时候，需要我们主动"遗忘"，需要我们理性忽视，因为忽视他们不想让人触及的伤痛是一种美德。

真的，"忽视是一种美德"，对别人那些不开心的事、痛苦的事、伤心的事，最好的方式是忽视，忽视表达关心的欲望，忽视表达同情的期望，忽视表达关注的希望，静静地把这些事遗忘，永远不再提起，对别人，这是一种最大的尊重，也是一种莫大的安慰。

人 生 素 语

巴菲特说："如果球还在球手的手皮套里，我从不会在他抛出球之前，挥动球棒去击球。"如果悲伤的情绪还在对方的心里，不确定对方是否愿意接受"爱心爆棚"和"同情心泛滥"的时候，我们也绝不要轻易出言相劝。有些时候，忽视是一种重要的美德，选择主动"遗忘"，不触及别人不想让人触碰的伤痛彰显着一个人的情商和同情之心，体现着一个人的修养和慈悲之怀。

有多少人最终拉黑了自己的初恋？

❶

周末，小楠在闺密群里约大家喝酒，从来不喝酒的人竟然提议去喝酒，我和小小都很惊讶："天哪，你受什么刺激了？你竟然要喝酒，太阳从西边出来了？"小楠却不理会我俩的戏谑，只发了地址和时间。

等我俩赶过去，这家伙已经"酒入愁肠化作点点离人泪"了，一见我们就泪眼迷蒙地说："我把他拉黑了，以后再也不在他身上浪费时间了。"

小楠口中的"他"是她的初恋，中年人刻意抓住青春尾巴的小把戏，我们早已经听得耳朵起茧子，但看小楠这么入戏，我们也不好意思直接打断。

"口口声声说这个世界上最关心的人是我，口口声声说我们是彼此的初恋，无论什么时候只要我需要，他永远都在我身边，到头来都是骗我的，根本就是假的……"小楠哽咽着，在她还没有说出下一句话之前，小小终于插上了嘴："你这智商，不至于这点儿把戏都看不明白啊，他所谓的情话，只不过是平淡生活的点缀而已，你还打算当正餐啊？"

我也忍不住恨铁不成钢地骂她："没打算和你结婚的人，你早就该把他拉黑了！"

小楠泣不成声地说："关键是我只把微信拉黑了，手机还可以打进来，可是他竟然都没有给我打过一次电话。"小小一把掐断她的话头："大姐，你应该把他所有的联系方式都拉黑，既然自己断不了，就只好借外力。"

小楠大龄恨嫁，正愁没有遇到合适的男人解决婚姻问题时，一次机缘巧合竟然遇到了她的初恋，这下好了，世间所有男人更不入她的眼了，她每天在微信里和初恋谈情说爱，从初恋时的点滴小事到最初的爱情悸动，从错失两人的懊悔到相约终身的陪伴，小楠又重温了初恋的感觉。

而那个男人除了经常给小楠虚无缥缈的情话之外，根本没打算和小楠结婚。这不，因为这半个月男人消失得无影无踪，小楠用各种方式联系都没有回应，这才下定决心断了。

❷

关于初恋，听过一个很有名的段子：男人临终前，最放不下的是妻子和初恋，两个女人他都爱，他把房产、现金、事业留给妻子，交代她一定要照顾好孩子；然后把初恋叫到跟前，颤巍巍拿出一本书，里面夹着一片发黄的树叶，男人拉着初恋的手泪流满面地说："这是我第一次见到你时，落在你头发上的树叶，我珍藏至今，这是我最珍贵的东西，留给你。"男人最爱的到底是谁，一目了然。

我文艺范儿的女友优优曾经跟我分享过她和初恋有一次遇见

的详细经过。

她在商场购物，听到有人喊她的名字，优优惊异地回头，打量眼前的男人后发现竟然是初恋：中年危机，不仅肚子腆了起来，头顶竟然开始秃了，油腻中年人的形象怎么都无法跟十年前的他相提并论。

优优说十年前，他身材很好，是学校篮球队的主力，盖帽时，无数女生给他加油，命中三分球时，尖叫声更是不绝于耳。可是现在，在她看到初恋"面目全非"的那一刹那，以前的种种，这么多年来对他的牵挂，轰然坍塌。

优优伤感地说："我用整个青春岁月痛彻心扉贪恋过的男生，在他挺着啤酒肚、带着满眼的疲惫，站在我面前时，我竟然这么难过，还不如让他留在记忆里呢。"

优优的说法，我完全认同。青涩时期最眷恋的那个人，是青春岁月优柔而缠绵的疤，或许还会继续蛰伏在心里，让心止不住地绵软无力，为多年前的他，优柔地一线相牵。

他最爱唱的歌、他最爱的一种小吃、他最喜欢的味道……也许因为一个小小的契机，记忆就会翻江倒海而来，因为初恋，对每个人来说，都是珍贵美好、难以忘记的，那是一个人爱情最初开始的印记，就像那首歌里唱的：就当他是个老朋友啊，也让我心疼，也让我牵挂。

可惜初恋这个老朋友却不宜重逢，更不宜纠缠。像小楠的初恋，最好的处理方式是拉黑。因为那些暧昧的话，当不得真，看似甜蜜，其实只是文字游戏。

3

初恋只适合怀念，并不适合相见，如果双方都有家庭更是如此。有理智的人另当别论，但对于心理戏复杂的人，拉黑才是最好的方式。

如果初恋年华老去，不复旧日风采，会失落，毕竟曾经是自己用心爱过的人；如果初恋成熟端庄，越发动人心魄，会动摇，是不是可以发展成免费的长期精神出轨对象？不论选择前者，还是选择后者，都会破坏曾经四平八稳的生活，更会亵渎曾经清澈如水的初恋。所以最好的方式只能是拉黑，没有初恋的干扰，夫妻两人的感情更通透、更自如，家庭的一切可以继续平静。

所谓"恋恋余味"，和初恋有关的点滴记忆，只是一种回忆，只是不曾流逝的一点点生活的痕迹，只是一颗被记忆浸泡得如此柔软的心，它只和当时自己的心态有关，甚至和初恋对象是谁都没有关系。拉黑初恋，彼此都给对方留点空间，在心里留个念想，才能一生珍存关于初恋的美好回忆。

再见不如不见，纠缠不如放手。拉黑初恋并不代表逃避，有时它代表机智和节制，更代表自律和担当。

人生素语

《瓦尔登湖》里有句话是这样说的："因为在这个世界上，人只需要闭上眼睛，转个向，就会迷路。"初恋大概就是最容易让我们迷路的情愫，只需要一闭眼、一怀念，就有一错失。初恋只适合怀念，并不适合相见，心理戏复杂的人，拉黑初恋才是最好的方式。懵懂少年时，发生的一切都是美好的，若把少年时的懵懂带到现在来，最容易迷失自我。初恋只适合留在少年时的画面里，单纯而美好，但那美好只属于过去，而不是现在。

绝交见人品

①

那天，外甥一脸严肃地跟我说：我跟我班同学李××绝交了。

当时正在吃苹果的我，惊得苹果都掉在了地上，十几岁的孩子，竟然还能上纲上线到"绝交"的程度吗？

一问原因才知道，李××做了一件让我也义愤填膺的事，怪不得外甥会生气。

市里组织作文竞赛，第一关是学校甄选，老师让李××负责收集，收集后由老师评出最优秀的作文上报到市里参赛，外甥很上心，也下了很大功夫，几经修改之后交了自己最满意的一篇。没想到，那个李××竟然挑选了几篇作文，改成自己的名字直接发给市里，其中就有外甥的作文。

这不是窃取他人劳动果实吗？而且越过老师评选这一关，直接给市里投稿，即便外甥他们想解释，也解释不清楚了，因为邮件是人家首发。

小小年纪竟然有这样的心思，我很震惊，也很气愤。我问外甥："你准备怎么办？"外甥说："当然向老师说明情况啊，反正我肯定跟他绝交。"

我问外甥，要不要把他的"恶劣行径"告诉学校，让校长周一升国旗时在全校同学面前批评他？外甥摇摇头："算了，我不跟他做朋友就是了，我不会到处说他坏话的。"

我看着一脸坚定的小外甥，觉得他真的长大了，因为他做到了某些大人也无法做到的事，那就是"君子绝交，不出恶声"。

我无意于揣测李××的家庭教育，我也不关心老师对这个学生的处理方式，我甚至也不关心被李××偷走的外甥的作文有没有入选的可能性，我关心的是这件事让外甥知道，这个世界上有各种各样的人，总有人跟自己意见相左，甚至可能是原则相悖，对那些三观不正的人，应该趁早绝交，而最好的绝交是"君子绝交，不出恶声"。

②

"君子绝交，不出恶声"语出《史记》乐毅列传，故事是这样的：战国时期赵国人乐毅善于用兵，燕昭王能礼贤下士，乐毅就去投奔燕昭王，后来他辅佐燕昭王攻打齐国时立下了大功，五年之间，齐国七十多座城池都归了燕国。

燕昭王死后，燕惠王即位。齐国人田单用反间计说乐毅有自立之心，本就不喜欢乐毅的燕惠王削了乐毅的兵权，派骑劫代替乐毅为将，乐毅怕被诛杀，逃亡到赵国。

后来田单大败燕军，齐国收复了所有失地，燕国势弱不得不割地求和。燕惠王开始懊悔让骑劫代替乐毅，导致军队被打败，将军被杀死，曾经占领的齐国土地又丢失了。此时的燕惠王才想起乐毅的功劳，也开始担心赵国会用乐毅趁燕吃了败仗的时候进攻燕国，于是去信请乐毅回燕国，假惺惺地说："派骑劫代替将军，是因为怕将军经年累月地暴露于荒郊野外太辛苦……将军误听传言，和我产生怨隙，弃燕降赵。将军为自己打算，这样做是合宜的，可你如何报先王的知遇之恩呢？"

于是乐毅慷慨地写下了著名的《报燕惠王书》，表明自己对先王的一片忠心，与先王之间的相知相得，驳斥惠王对自己的种种责难和误解，抒发功败垂成的愤慨，并以伍子胥"善作者不必善成，善始者不必善终"的历史教训申明自己不为昏主效愚忠，不学冤鬼屈死，故而出走的抗争，其中就有这两句经典的话"君子交绝，不出恶声"。意思是说，古代的贤达，绝交时从不恶语相向，离开这个国家也不去说他的坏话，我现在虽在赵国，可并没有伤害燕国啊。

乐毅旗帜鲜明地表达了自己的观点，有修养的人与人断绝来往的时候，是不会说不好听的话的，因为品格高尚的人与人绝交，是经过一番深思熟虑之后才决定的，不会怀恨在心，即使绝交后，仍然会对另一方保持一贯的君子风度。

燕惠王只好不再难为乐毅的家人了。

❸

相处的朋友，最凄凉的结局也许就是绝交；相爱的男女，最悲凉的一幕可能就是分手；同行的同事，最凄惨的结果大概是道不同不相为谋。

绝交，其实是多么悲凉的一个词语，虽然不想，但总有一些人需要趁早拉黑，总有一些事无法容忍，有些时候，必须与某些人分道扬镳，偏偏这时候，最彰显人品，既见证度量，更考验人性。

见过绝交之后，互相敌视的朋友，见过分手之后，互相揭短的情侣，也见过"不相为谋"之后，诋毁对方的同事。总觉得比"分开"更痛惜的是"交恶"的状态，不仅没理智，还没品位。

相处的朋友，可能从懵懂孩童走到了青葱年少，又从青葱年少走到了人到中年，不管最终是因为什么原因"绝交"，但一路相伴的过程已经成为生命中的风景。不管你在意还是不在意，它已经存在于那里，刻进了生命的年轮，走进了生活的风景。也许午夜梦回时，总有那些片刻的闪念，生出感激和感动，怎么忍心互相敌视？

分手的情侣，从陌生人到亲密关系，从独立的个体到一对儿相爱的男女，不管最终是因为什么分手，但相爱过程中彼此曾经温暖过对方的心灵，彼此曾经照亮过对方的生活，不管最终结果如何，那段恋爱的记忆都在，也许因为对方的存在，让你发现了自己的潜力，可能因为对方的存在，让你遇见了更好的自己。举手投足间，恋爱的印记都在，怎么可以互相揭短？

"不相为谋"的同事，曾一起在一个单位供职，曾一起为了一个目标努力，不管最终是因为什么分歧彼此不愉快，但人世间千千万万的人，有机缘做同事的却不多，无论最终走向了怎样的结局，但曾经一起前行的日子已经为未来加了分，即使是经验教训，也已经为自己日后的职场生涯打了免疫针，也值得感激。

这个世界，有各种各样的人，品性不同、性格各异、修养有别，无论如何，曾经走到一起，就是缘分，至于后来走到绝交这一步，也是万不得已。两个人之间的事，好与不好都属于彼此，跟第三方无关，实在不足为外人道。

这个过程中的所有记忆，也只与自己有关，和别人无碍。至于在绝交之后，肆意诋毁对方，其实是在为自己的形象减分，是在给自己的修养抹黑。

我想，最好的绝交莫过于"君子交恶，不出恶声"，心情起伏也好，恩怨情仇也罢，有修养的人，无论何种缘故与对方中断来往，即便道理全在自己这边，也不会指责对方。事情既已无可挽回，从此分道扬镳、各奔前程就是，难听的话，言之何益？

人生素语

《史记》有言："君子交绝，不出恶声；忠臣去国，不絜其名。"做朋友时，欢乐与共、分忧解难，你好我好大家好，再正常不过。绝交之时，方见彼此品行优劣，方能彰显人心善恶，绝交时口出恶言的人，就是不折不扣的真小人。绝交后三缄其口的人，就是顶天立地的真君子，绝交后对待昔日朋友的态度，可以看出一个人人品的底色。最好的绝交莫过于"君子交恶，不出恶声"，心情起伏也好，恩怨情仇也罢，有修养的人，无论何种缘故与对方中断来往，都不会指责对方。

独有安静意味长

1

上午，文友菜菜在群里说，早上陪儿子干了一件让他激动不已的事。我们忙问是什么事，她说陪着儿子听鸟鸣。

原来，昨天晚上，她告诉儿子，小区的鸟每天凌晨四点四十起床，鸣叫二十分钟，问他想不想听，儿子很兴奋地说想听。

今天凌晨四点半，她把儿子叫醒，等鸟开腔那会儿，儿子激动得盯着表等着四点四十的到来。果然，四点四十，所有的鸟儿都叫了，在清脆的鸟鸣中，热爱自然的儿子兴奋地给她科普很多鸟类的知识。她在群里感慨，还好今天的鸟鸣很准时，要不然，儿子该多失望啊。一切都在沉睡，四周一片静谧，只有鸟鸣悦耳动听，这真是大自然的奖赏啊。

大家都在感慨她是个好妈妈，愿意陪儿子听鸟鸣，我却在羡慕她和儿子早上拥有的安静，独有安静意味长，安静在当下，已经成为奢侈品，而她带着儿子幸运地拥有了片刻静谧，这和鸟鸣一样难得，一样珍贵。

我自己享受的静谧时刻，是夜里睡不着的时候看《浮生六记》。

印象最深刻的是芸娘制的绝妙"荷花熏茶"，沈复是这样描写的："夏月荷花初开时，晚含而晓放，芸用小纱囊，撮茶叶少许，置花心，明早取出，烹天泉水泡之，香韵尤绝。"

翻译过来就是，芸娘利用荷花晚上收合而清晨绽开的习性，在傍晚的时候，将一小撮茶叶轻轻放在荷花花心里，让茶叶熏染一夜花露清香，然后再用天然的泉水来冲泡，味道简直是惊艳。

我猜，那茶肯定有着与众不同的味道，不仅有荷香和茶香，更有独属于芸娘的优雅和韵味。也许芸娘的"荷花熏茶"初泡时的荷花清冽之香并不能长久，但想象着"瘦不露骨，眉弯目秀，顾盼神飞"的芸娘安静地等待茶叶沾染荷香的过程，竟然别有滋味，芸娘难得的闲情逸致和安静优雅，自带一种温婉的力量，让文字这端的我怦然心动。

芸娘制茶这个妖娆在文字里的场景和她安静地等待的模样，让我在文字的这一头，臆想着美好，愉悦着感官，滋养着心灵。我想，这也是安静带来的快乐吧。

❷

夏天休假去海边，傍晚在沙滩上散步，有人在水里扑腾着玩，有人在沙滩上捡贝壳，还有人在海边拍照，一切看起来喧腾而热闹。

在这样的热闹氛围中，那个安静的姑娘一下子吸引了我的注意。

她安静地坐在沙滩上，目不转睛地看向远方，我蹲在她身边，好奇地问："你在看什么呢？"姑娘头也不回地指着远方说："我在等夕阳落进海里，太阳光和海面相接的时候可漂亮了。"

我顺着她的手指看过去，落日的余晖铺在海面上，波光粼粼处，金光闪闪。太阳和海面之间的距离已经很近，于是我坐在她身边，等待她说的那个"可漂亮"的时刻。

十几分钟后，夕阳的光线真的和海平面相接，海面的波光粼粼更炫目，像是一不小心打翻的碎银，低调地奢华着，安静地平铺着。海浪涌过来，那金光更加灵动，一波一波地荡漾，像在海面上跳舞的精灵，把舞动的快乐和浪漫的诗意轻悄悄地传递给我们。

我侧过头看那姑娘，她没有拿手机拍照发朋友圈，只是静静地欣赏这一刻，脸上是欣喜而幸福的笑。落日的余晖给她也镀上了金边，连同她闪闪发亮的眼睛，成为我心里的一幅画，再也无法忘怀。

这么长时间过去，我一直记得海边遇到的安静的姑娘，艳羡她自带的安静的力量。

❸

我们都曾经看过这样一个故事：农场主巡视谷仓时，不小心把金表掉进了谷仓里。他悬赏100金币，希望工人为他找到这块金表，为了得到这笔不菲的奖励，大家扎进谷仓，把谷仓翻了个底朝天，还是遍寻不着。

入夜后，大家纷纷放弃寻找，却有一个小男孩留了下来，他没有翻找谷仓，只是静静地躺在谷仓的一角，当白天所有的喧嚣归于安静后，他听到谷堆下传来"嘀嗒嘀嗒"钟表的声音，于是，小男孩顺利找到了金表。

让自己安静下来，原来是一种无声的力量，它还有意想不到的收获。

《说文解字》里这样解释"安静"：安为有家有室，内心踏实。

静为宁静，"其心安焉，不见异物而迁焉"。

年少时，曾经以为欢快跳脱是种美，中年后渐渐发现，心安才能安静，独有安静意味长，唯有安静韵味足。

安静地等待茶叶染上荷香、安静地注视夕阳落在海面上、安静地观赏一朵花开、安静地聆听稚子妙语、安静地徜徉文字海洋、安静地聆听钟摆嘀嗒嘀嗒……那些安静的时光，最让我们怦然心动，也最能让我们触摸美好。

安静地看一朵云起，安静地品一杯香茗，安静地读一本诗集……安静有着不可忽视的力量，步履慢下来之后，心灵才能跟得上去。

留一段安静的时光给自己，焦灼紧张的心才慢慢舒缓起来；留一段安静的时光给自己，普通的日子更有诗意、琐碎的生活更有情趣，甚至连平凡的自己都闪闪发光。

就从此刻起，让安静常伴左右，让心安握在手中。

人生素语

英国哲学家罗素这样定义幸福的生活，他说："所谓幸福的生活，必然是指安静的生活，原因是只有在安静的气氛中，才能够产生真正的人生乐趣。"心安才能安静，独有安静意味长，唯有安静韵味足。安静的时光，让我们怦然心动，安静的力量，让我们触摸美好。步履慢下来之后，心灵才能跟得上去。安静是一种力量的积蓄，正因为有漫漫长夜的安静，才会有喷薄而出的日出的壮丽，安静能让我们拥抱全世界、拥抱全新的自己。

求幸福，是女人一生的事业

有一种女人，嫁给谁都幸福

1

晚上，樱桃打电话邀请我们一家这周末去她家聚餐，我一接完电话，女儿就开心得跳起来："我最喜欢去樱桃阿姨家了！不知道这次她准备了什么好吃的？"看着女儿馋嘴狐狸的样子，老公笑："樱桃老少通吃啊，大人小孩都爱去她家。快乐会传染，真的没说错。"

这话，我绝对认同。樱桃就是有这种魔力，能让和她接触的人心情都很愉悦。她不仅有生活情趣，还从来不抱怨，跟她在一起，总感觉眼前倏然开出花一朵，春色正绚烂，花开正美好。

到了约定的周末，一进樱桃的家，浓浓的温馨感油然而生。厨房里，白米粥在散发着香气，烙好的葱油饼软硬适中、外焦里嫩，酱猪蹄配了荷叶盘，绿色的青菜配白色的瓷盘，西兰花摆成圣诞树的样子，树间散落的胡萝卜丁像星星一般。几株铜钱草在小瓦罐里对着我们微笑，餐巾纸被樱桃折成了玫瑰花的形状。

我一如既往地表达崇拜："樱桃，每次来都有新鲜感啊！你怎么能有那么多神来之笔呢？"樱桃笑得温婉迷人："就活这一辈子，不能让生活太潦草，我才不忍心让自己粗枝大叶地活着。

关键是……"樱桃凑近我说："关键是经常给生活制造新鲜感，有点儿生活情趣，大人孩子都喜欢啊。"

也是，樱桃的家总给人温馨的感觉，随手可得的小物件，在她手里都成了家居的最好装饰。晨练路上摘下的一把野花被她配了绿叶插在青花瓷的花瓶里，妖娆生姿；孩子的手工作品被她做成一串风铃挂在阳台上，叮当作响；老公的酒瓶被她洗净，插了几支绿萝放在书桌上，诗意弥漫。

樱桃的小情趣带来很多美好的瞬间和愉悦的享受，不仅让生活更有味道，也让家更有温度。不仅让老公和孩子总是充满新鲜感，也让我们一帮朋友最喜欢去她家。

也许有人说，经济条件一般，日子将就着过吧！这一点上，我认同樱桃的观点，生活情趣从来和经济条件无关，只和心态有关。生活中的每一点小快乐只要善于发现，并用巧手装扮它，日子中的每一个小欣喜只要用心感受，并用温暖保护它，就可以让心情更舒畅，就可以让自己更有魅力，还可以让朋友更多。

环顾着樱桃的家，我看着两个男人把酒言欢、两个孩子欢笑嬉闹，感觉阳光在眼前幻化成花开的形状，有光照过来，也有温馨的感觉在眼前蹦蹦跳跳地荡漾。我突然词穷地说："生活真美好啊！"

2

可是以前，我并没有认为我的生活这么美好。

我和老公一个爱静一个爱动、一个喜欢聚会一个喜欢宅在家。

什么公务场合、同学聚会、同事结婚、朋友生娃……老公是逢请必到，我是坚决拒绝。老公不仅不拒绝，他还经常组织聚会。而我宁愿在家喝一碗小米粥也不愿意出去吃大餐，宁愿宅在家里发呆也不愿意和人在酒桌上周旋。每次他出去喝酒，我都在家提心吊胆，担心他喝多伤身体，担心他路上不安全、担心他喝晕找不到回家的路，总是电话追过去，结果一回家他就生气，说我让他在朋友面前颜面顿失，大家都笑话他"妻管严"。

明明是一腔爱意，让他解读成查岗，我也很委屈，冲他大吼大叫，他也很火大，说明明知道分寸却被我像看犯人一样监视，吵到最后两人不欢而散。这时候樱桃就扮演了调解专家和心理咨询师的角色，樱桃说："抱怨起不了一点儿作用，也解决不了任何问题。以后抱怨的话少说，有问题也不要大声嚷，永远不要让对方看到一张盛怒的脸，不要让对方听到一句伤人的话。试试有话慢慢说，有事悄悄说。"

那次，听从樱桃的建议，我们心平气和地谈了谈，我说出了自己给他打电话的原因，他也分析了为什么说应酬是必要的社交。破天荒地停止抱怨以后，我们就出门应酬这件事达成共识：老公想出去应酬就让他安心去，我自己想宅在家就开心地宅在家，我尽量少打电话，他也尽量少喝酒。

从那以后，我开始在我的婚姻生活中践行樱桃的观念"抱怨的话少说"，因为抱怨的话，就像一朵朵有毒的花，把污染扩散到了对方的眼前，更把烦恼传染给了自己，实在是百害而无一利。

慢慢地，当我学会停止抱怨之后，内心的释怀和快乐越来多，戾气和怨怼越来越少，我不再一边选择一边抱怨。选择 A 就快快乐乐地选择 A，选择 B 就开开心心地选择 B，不在选了 A 的时候，抱怨 A 的种种不如意，也不在选了 B 的时候，懊悔没有选择 A。

抱怨消除之后，我和老公都学会了倾听对方的意愿，还真的起到了想要的效果，比从前更甜蜜，也渐渐学会了把婚姻经营成自己想要的模样。

❸

这世间，从来就没有一劳永逸的婚姻，只有麻烦不断的生活。这世间，从来就没有完全不幸的婚姻，只有不会经营的男女。

有一种女人，温暖且经常制造浪漫，不疏忽潦草，知道每天给生活制造点新鲜感，知道对家人孩子温柔以待，从来不抱怨生活、不苛责爱人。

有一种女人，聪明且懂得包容，不尖酸刻薄，知道该怎样去把握身边爱她的人，知道怎样去疼家里的人，从来不大吵大闹、不急躁失态。

有一种女人，懂得怎样让生活充满情趣和色香味，懂得怎样让家庭充满乐趣，懂得用温润浅笑着的脸和平和的好情绪给家人温暖的氛围；懂得接受爱人并不完美的事实，懂得用最温婉的心态、以润物细无声的努力接纳和包容；懂得婚姻并不完美，愿意和爱人一起在婚姻里成长；那么这种女人，嫁给谁都幸福。

吴淡如说:"如果女人不为自己做什么,不为自己找乐趣,不尝试改变,只是责怪有东西阻止她的快乐,那么,她嫁给谁都不会幸福。"不幸福的女人总喜欢怪别人——怪自己的父母、怪自己的男人、怪自己的孩子、怪自己的运气、怪自己的基因、怪一切拖累了她,让她没有办法幸福。其实,幸不幸福,和别人无关,只与一个人的心和个性有关。有一种女人,她的心中有能量、眼里有花开、胸中有慈悲,那她嫁给谁都幸福。

我愿意做个幸福的傻子

1

周六，一个好久没联系的人（之所以不说是朋友，因为我们的交情仅限于认识，说熟人我都不甘心）突然打电话问我："你每天更新微信公众号是不是要花很多时间？"我说："是啊，孩子还在哺乳期，主要任务是带孩子，等他睡觉的间隙，我见缝插针写几行，一篇稿子写完都得好长时间，写完还要编辑、排版、配图、添加链接什么的，得弄几个小时吧。"

那人问我："那你肯定靠微信公众号赚了不少钱吧？"我笑笑："没有啊，开微信公众号本来也不是为了赚钱，再说它也赚不到什么钱。"

她明显很惊讶："不赚钱还每天投入这么多时间，那你为啥还在拼死拼活地更新，你是不是傻子？"

本来想说："我傻碍你啥事？我吃你家饭了？我喝你家水了？我浪费你家资源了？"但后来想，在电话里骂人终究不太好，何况人家花了电话费打给我，大概也不是为了听我骂她的，于是，我换了一个心情说："对啊，对啊，我一直都是一傻子，我就愿意做个幸福的傻子啊！"

其实，我被当成傻子也不是一天两天的事了。

上学时，喜欢学校一男生，那男生高大帅气，会在学校文艺汇演时边跳边唱，嗨翻全场。没学过舞蹈的他仅靠在电脑上看视频，就学会了杰克逊的舞。一身白色西装、一顶黑色礼帽、嘴里衔一枝红色玫瑰花，一上场就引发全场尖叫，也让我的心如小鹿乱撞。他对台下一笑，我就觉得眼前的花开了一大片，清风徐徐而来，送来的全是他的温柔和才华。

他是我心中的白马王子，简直就是完美的化身，不仅学习好、长得帅，还会跳舞，我第一次知道，原来心动的感觉那么美好。

我开始疯狂地给他写情书，从席慕蓉的诗，到汪国真的诗，从自己的小情结到爱情的大走向，我用心地写了一页又一页，还把信纸折叠成爱心的形状。

满心以为我的情书会打动他，结果那个男生把我的情书贴在了学校的宣传栏里，于是，我一下子全校"闻名"。我以为的情深不过是别人眼里的"傻子"，但那又如何？

写情书的时候是我最开心的时候，当笔下的句子像清凉的湖水一样从心里涌出，我开始觉得普通的自己脸上也有了圣洁的光辉。年少时稚嫩的笔迹，那些点点滴滴岁月的痕迹，曾经将所有灰暗的日子照亮，曾经让我的心如飞鸟般快乐。这就足够了。

虽然最后被当成一笑话，但我就是从那时候开始对文字有一种别样的感觉，我才知道原来文字可以是自己的小伙伴，抚慰忧伤、渲染温情、传递温暖、传播爱。情书是载体，让我在回想的时候，心为之一线相牵。

要不是那次"傻子"的经历，我怎么能找到终生的兴趣爱好？

②

上班以后，我也曾经被当过傻子。我们的报纸需要跟印刷厂对接联系印刷，有时下班前版还没做好，班车马上要发车，公交车不好坐，看着离家远的同事心急火燎的样子，我总是不忍心让她们着急。我离家很近，骑自行车回去 10 分钟，步行也就是 20 分钟，于是我主动跟同事说让她们先回家，我留下来搞定。

有一次，加班到晚上九点半，终于把版做好了，跟印刷厂值班的牛姐沟通无误后，我放心地回家了。刚到家，牛姐打电话说因为 2 版和 3 版合版印，配图清晰度和边框尺寸更高，版样上照片合不到一起，问我要不要换图？我当时纠结了一小下，刚步行到家的我，还没有吃上饭，但想着已经加班了四个小时，因为这一点儿小差错不能让版式尽善尽美，怎么说都有点儿不值得。

于是，我跟给我留了饭的妈说："我再去一趟，等我回来再吃饭啊！"妈的唠叨声在身后传来："那你还不如不回来，刚进门又出去！"顾不上解释，我出门就往单位跑，气喘吁吁的我在大院门口遇到其他单位的同事："这么晚咋又跑来了？"我说，我活儿还没干完，等会儿再走。他"挖苦"我："看来是准备入党的吧？你工资又不比别人多，为啥每次都是你加班？"我说我不在意这些，是我让同事先回家的啊，又不是同事让我加班的。他惊讶的表情好像在看一个傻子。

但是，我正因为这份傻气，和同事们都成了很好的朋友，我们不仅在工作中互帮互助，在生活中也贴心贴肺。我买房时首付不够，他们毫不犹豫拿出积蓄给我救急，在我准备勒紧裤腰带尽快还钱的时候他们一再宽慰我，不用着急还，什么时候手头宽裕什么时候还。

我知道我们开始了一段行将持续一生的情谊，因为我的傻，这份情谊有了最美妙的开端。

③

学着接触新媒体之后，我才明白我并不能很好地迎合大众的爱好，也写不出爆款文，我还是写自己喜欢的文字，在赚阅读率和转发率的当下，写这种没有噱头的文字，又一次被人当成了傻子。

但日子怎么能通过钱来计算？当我十指翩飞在键盘上敲敲打打，文字对我已经是记录，我记录生活中的点滴美好，记录感动自己的丝丝快乐，记录世间温暖的分分秒秒，留待老后做取暖的柴薪，并没有什么不好。何况，见缝插针记录美好，我就没有闲工夫接触黑暗，就没有闲工夫像别人一样家长里短，抱怨公婆不贴心、埋怨生活不如意。

我知道，自己活得努力且疲惫，在赚不到钱一切都是枉然的当下，我所有的坚持不过是别人眼里一个吃苦耐劳的傻子，但傻子又如何？我自己喜欢的，我可以毫不保留地热爱，我自己热爱的，我可以不计回报地付出。这样，老了我至少可以吹牛说："我这辈子最牛的事就是把傻子进行到底，把坚持当成习惯。"

我愿意为我的爱好投入时间，哪怕它不会给我带来所谓的回报，我还是觉得它值得，就像我愿意跟着我爱的男人吃糠咽菜，哪怕这辈子不会飞黄腾达，我还是甘之如饴。

我从来不给我的写字冠上写作的名号，也从来不说什么信仰或者理想，我更不会给自己打鸡血"现在傻只不过是因为你正走在通往牛的路上"，因为我对写字没有附加成名成家的梦想，我只知道，我会坚持下去，如果一个人这辈子都没有为自己热爱的东西勇敢地做自己，就太亏了。

所以，即使是傻子，我也愿意做个幸福快乐的傻子。

人生素语

人生百年，转眼成空。得失如云烟，转眼风吹散。计较得多了，破坏的是自己的心情，傻的境界高了，受益的是自己的未来。越不计较得失的人，越有丰厚的回报。因为一次冒傻气的表白，找到持续一生的纯粹爱好；因为一段冒傻气的共事，找到持续一生的美好情谊；因为一生冒傻气的坚守，找到勇敢做自己的小动力。做这样的傻子，其实很幸福。

你有想要的幸福，可你什么都没有做

1

前几天，我被相知相伴 20 年的闺密狠狠鄙视了。

闺密恨铁不成钢地说："我都不屑于与你为伍！"

事情是这样的，闺密是健身达人，每次看她在朋友圈秀身材，我都羡慕得直流口水。和她一起逛街买衣服，我更会受到一万点的残酷暴击。

闺密形体优美、穿衣显瘦，穿什么都好看。而我眼巴巴地看着店员，还是阻挡不了人家的"绣口一吐"："真不好意思啊，没有您穿的 XXL 号。"

受打击的次数太多了，我表达了跟着闺密健身的意愿，闺密开心地说："太好了，我先把我每天的安排发给你参考一下，一天也就 40 分钟，一点儿也不累。"

平板支撑、器械锻炼、骑行训练、跑步训练、瑜伽体式……哪天练什么，练多长时间，具体而又明确。闺密说："这是我验证过的方法，不累但对塑形很有用。"

我的第一反应是："哇，我竟然拿到了武林秘籍。"第二反应是："锻炼一段时间，我很快也可以秀马甲线了。"

说干就干，我当天晚上就参考闺密的做法，给自己制订了一个健身计划表。第二天早晨，我早早起床去公园跑步，刚跑10分钟，我就累得吭哧吭哧直喘粗气。崩溃地跟闺密抱怨，闺密说："刚开始都这样，坚持一周就适应了，等身体适应你的节奏，就不感觉累了。"

好吧，坚持。

好吧，努力。

好吧，顶住。

我在心里跟自己说。

接下来每一天的锻炼，我除了狠下决心让自己不要中途放弃之外，还要努力跟自己的惰性做斗争，两个星期后，我伤感地跟闺密说："算了，我可能运动机能不发达，我适应不了这种健身方式。"闺密反问："这才两星期，你就放弃了？我都坚持好几年了。"我辩解："人跟人不一样，可能你适合运动，而我不适合运动。"然后我就被闺密狠狠鄙视了。

闺密给我发微信，隔着手机屏幕我都能感受到她的白眼："想要马甲线和腹肌，却把时间浪费在叽叽歪歪让自己放弃上，有想要过的生活，却不肯付出哪怕是两个星期的努力。我怎么会有你这种三分钟热度的朋友？！"

②

闺密的话让我想起了小妹在写作培训班的经历。

这个知识变现的年代，很多人通过写作，出书、开课、赚广告费……不仅过上了让人羡慕的自由生活，还实现了很多人都达不到的财务自由。

听小妹说，刚进写作班的时候，学员们问的话通常有这么几句：怎样才能像×××一样，通过写作迅速提升自己价值呢？怎样才能写出风靡全网、阅读量"10W+"的爆款文章呢？怎样才能通过写作快速变现呢？

培训班的老师直接掐断话头说："先坚持每天雷打不动地写作，坚持21天后，再来回答这些问题。"大家信心满满："21天，很容易啊！我一定能做到21天每天都写。"

然而，可悲的事实却是一星期都坚持不了的大有人在，两星期就直接放弃的不乏其人，能坚持21天的竟然寥寥无几。21天，简直是一个难以逾越的鸿沟！家务要干、孩子要带，怎么有空挤出时间来写作？提笔忘字、开口词穷，怎么能做到顺利流畅地写出一篇文章？微妙的同事关系需要经营、多年不见的同学需要联络感情，怎么可能做到每天都静心写作？

不要问我为什么这么清楚，因为小妹经常在我面前这样"宽恕"自己："今天带孩子太累了，明天再写吧。""明天又被领导骂得狗血喷头，没心情写。""后天需要逛街买衣服，实在是没时间写。"……

于是，毫无疑问地"明日复明日，明日何其多"，小妹的文档打开了一个又一个，但都是开了头就放下了，真正完成的稿子少之又少。

培训班结束的时候，老师很失望地说小妹："连最低级的坚持都做不到，怎么可能在写作这条路上崭露头角？"

3

也想起老公跟我说的事。

每次班会或者家长会之后，很多孩子都会大受鼓舞，要么因为"回报父母的辛苦付出"，要么因为"找到了努力方向"，很容易做出"从今天开始好好学习，努力提高学科成绩"的承诺，可是，计划却总是跟不上变化。

努力学习的第一天：数学课我明明认真听讲了，老师让回答问题，我都举手了，老师竟然没喊我的名字，老师是不是不喜欢我？

努力学习的第二天：我在课堂上认真做笔记，后面的同学窃窃私语，他们是不是在议论我？在议论我什么呢？是发型，还是衣服？

努力学习的第三天：不经意看窗外，操场上有其他班级在上体育课，那个男生竟然连连投中三分球，那么多同学都在为他欢呼，回头我也得提高球技……

……

动不动就因为微不足道的小事分心，很快"努力提高学科成绩"的动力开始严重不足，开始为自己找借口："这一学科太难了，我根本都跟不上，更别想提高成绩了""这一学科老师那么严厉，一点儿也温柔，我不想上她的课""这一学科太考验记忆力了，需要背会那么多东西，我才背不会呢"……

于是，那些考出好成绩的孩子们，他们的每一天都跟学习习惯不太好的孩子们拉开一点点，一节课后、一天后、一周后、一学期后，他们相差的就不再是一点点了，而是一大截，差距甚至大到足以甩开 10 条街。

有人说，这是个急功近利的世界，急功近利到各个平台的干货文章，点击率都特别高。

比如："一小时让你从喝茶到懂茶""一小时让你学会爆款"10W+"的十个套路""28 天有氧训练，让你轻松拥有好身材"之类的，这种氛围本来就不正常，无论是锻炼身体，还是写爆款文章，无论是写作方法，还是写作题材，都不可能靠短期的一个小时或者 28 天，就可以完全掌握，最多是基本入门，可是很多人却毁在这样虚无缥缈的幻想里，梦想通过更高的效率、更短的时间、更快的速度来达到自己向往的那种状态，然而更可悲的是很多人只想要成功的结果，却并不想要成功的过程，唯一想要的是不用努力就成功，躺在家里就可以一夜暴富，轻轻松松就可以月入数万。

也曾下过决心为这样的理想奋斗，然而很快就被自己的"三分钟热度"打败，很容易就被自己的"情绪"包裹，坚持不了几天，就自动放弃。

有多少光辉灿烂的梦想，就这样被懒惰摧毁在成长摇篮？

有多少豪情万丈的理想，就这样因动摇消散得无影无踪？

有多少志得意满的计划，就这样因放弃被蚕食得渣都不剩？

有多少可以掌握的幸福，就这样因拖延远走得无影无踪？

未来有太多不确定的因素，有太多不可控的波折，有些时候明天甚至看起来并不那么美好，但更不美好的却在于你甚至都没有动力和耐力把你的计划贯穿始终。

其实，一切的计划最可操控的是行动力，一切的幸福最可依赖的是主动追求。说什么遇见更好的自己，说什么幸福总能不期而遇，如果没有把行动持续下去的决心，一切计划都是表表决心，仅此而已。

要过上自己想要的幸福生活，需要立即行动、踏实努力、坚决执行、勇敢接受，只有切实地成长，才会让自己能量满满；只有坚定地践行，才能让自己得偿所愿；只有勇敢地行动，才能让自己笑到最后。

人生素语

每个人都有自己想要的幸福状态，每个人的幸福出处都不一而足，完美的身材、有深度的文字、自己满意的成绩……都曾经是我们的理想状态，我们都曾经让想要追求的幸福悬在头顶，指引着我们前行，可是，我们中的很多人都走得太慢、放弃得太快：暂时没看到进步，就告诉自己努力没有任何用处；行动刚有了开始，就告诉自己坚持下去太难。就像每一朵花都有自己的花期，我们也有自己的轨迹，重要的不是能走多远，而是有没有开始。

总有些举动，让暖意重生

1

晚上刷手机，看到一名小学生意外"走红网络"的新闻，心里倏忽一暖。

我看了记者从公交公司拿到的完整视频，也看了小朋友事后接受记者采访的一段视频：这个四年级的小学生在高峰期坐上了公交车，拥挤的车厢里他背着书包站了十几分钟好不容易才找到座位，却在接下来的十几分钟里，让了四次。

17时38分，他第一次让座，让给了刚刚下班的叔叔，因为"叔叔工作了一天，肯定很累"；

17时44分，他第二次让座，让给带了很多东西的叔叔，因为"带着东西站着肯定很不方便"；

17时50分，他第三次让座，让给了刚上车的老爷爷，因为"老爷爷站着不安全"；

17时57分，他第四次让座，让给了寻找位子的老人，因为"如果不让，心里会不舒服"……

屏幕前看着这个新闻的我，心里暖暖的，就像网友评论的一样，这个优秀的小朋友给成年人上了生动的一课，小朋友起身的动作那么小，却那么温暖。

让座的动作也许是这名小朋友生活中司空见惯的小细节，对我却是最美妙的感动，至少在这个冬日，能让屏幕这端的我心里暖暖的。

❷

我也曾经遇到过很多特别温暖的时刻，印象最深刻是一次工作中的经历。

有一次，市里安排一项紧急任务，需要两个部门配合完成，我和另外一个部门的涛哥和小松一起加班。

等我们把所有工作全部完成，已经凌晨三点钟。看着办公室外深深的夜色，从来没有开过夜路车的我有点儿打鼓：这视线，我能顺利开回家吗？

涛哥说："走吧，你在前面开，我在后面开，送你回家。"

已经凌晨三点，如果要送我，涛哥至少耽误半个小时，我赶紧拒绝："涛哥赶紧回吧，我自己开慢点儿就行。"

涛哥执意要送："走吧，送你到家我们再回去。"

于是，一个刚拿驾照没多久、从来没有开过夜路的女司机在前面 20～30km/h "龟速"前进；一个车技娴熟、多年驾龄的老司机在后面被迫"龟行"，换作是我，我肯定会着急，中途我停车三次，下车跟涛哥说不用送了，我马上就到家了，涛哥坚持"必须送到家门口"。

当我到小区门口和涛哥挥手告别，涛哥开始调头的时候，我看着渐渐消失在视线中的车尾灯，一下子热泪盈眶。也许涛哥并不知道我对自己白白浪费了他半个多小时有多么抱歉，他更不知道他这个小举动让我有多么温暖。

3

也许，这些生活中的小举动，对别人不值一提、习以为常，但对容易感动的人却是最盛大的幸福和莫大的温暖。

因为幸福感往往来自很微小的事物，比如一碗好吃的面、一本好看的书、一个昏黄的夕阳；比如思念着一个人、看到一条暖心的新闻、听到一首打动心扉的歌；又比如对爱人说一句好久没说的情话、给父母来一个好久没有过的拥抱、对孩子来一段高质量的陪伴。

每一个美好的小举动折射出温暖的内心，每一个微小的小感动累积出盛大的幸福，它如此普通，却能让人感觉到贴心温暖；它如此平凡，却能让人庆幸生活依旧明艳可口。

生活最美好的样子，应该就是这样的吧，愿意捕捉温暖的小细节，愿意感恩美好的小举动，然后让这些小举动滋养出盛大的幸福感。

那些温暖小举动里隐藏的生活小秘密，那些不曾流逝的生活的痕迹，那颗被记忆浸泡得如此柔软的心，都可以妥帖安放。

如果有一天，我们在巨大的压力下无所适从，这些美妙的小举动可以帮助我们回忆起生活的点点滴滴，指引着回家的方向；等我们老了回首往事时，我们也会惊喜地发现，熠熠闪光的除了梦想，还有温暖人心的小细节。

是这些平常的小举动、美妙的小细节，以一种诗意的温柔方式，亲切温暖地包裹起我们，朴素快乐地亲近着我们，它们是绽放在平淡生活中的绚烂之花，提醒我们生活依旧有爱可期、缤纷温暖。

人生素语

张嘉佳说："我希望有个如你一般的人。 如这山间清晨一般明亮清爽的人，如奔赴古城道路上阳光一般的人，温暖而不炙热，覆盖我所有肌肤。由起点到夜晚，由山野到书房，一切问题的答案都很简单。我希望有个如你一般的人，贯彻未来，数遍生命的公路牌。"所有这些我们遇到的温暖小事，都是生活的希望之光，是我们人生路上的指路牌，提醒我们珍惜身边温暖的点滴，同时也做一个温暖的自己，秉承温良之心，让温暖持续传播、别样盛放。

幸福婚姻到底是什么模样

1

家里暖气终于通了。

几天前，我还因为供不供暖这件事郁闷。

暖气费很早就交了，但我们住的这栋楼和另外几栋楼因为入住的业主太少，达不到供暖比例，官方说法我们这几栋楼不供暖。

你能想象，整个小区都供暖，偏偏自己住的这栋楼不供暖带来的失落感吗？

你能接受，整个小区都供暖，偏偏自己住的这栋楼被区别对待的不平衡吗？

反正，我不能接受。

不接受就只有自己努力沟通，那几天，我的首要任务就是两头跑。

物业说："这是热力公司的要求，我们协调不了。"

热力公司说："供暖比例是铁杠杆，我们只是按章办事。"

貌似说得都有道理，貌似我都无言以对，我当时郁闷地想："看来，这个冬天与暖气无缘了。"

跟下班回来的先生发牢骚，先生言简意赅地问："达到热力公司要求的比例，还差几户？"

我说："四户。"

他坚定地说:"好办,咱们自己动员。"

我当时心有疑虑:"你怎么动员?整天都见不到业主。"

他拍拍我的肩膀说:"方法多了,你就等着好消息吧。"

于是,先生爬了17层楼挨家挨户敲门,又找物业和置房顾问打听业主电话,逐个发短信,动之以情晓之以理,半天时间竟然就达到了热力公司要求的比例。

第二天,我们顺利试压、放水、调试,用上了暖气,而且我们还带动了另外几栋楼,大家经过集体动员后,顺利用上了暖气,我们小区成了整个区第一个供暖的商住小区。

大赞先生,他的频道永远在积极那一档,很少负面抱怨,遇到问题,首先想到的是积极主动想办法解决,从来不会直接放弃,总是积极而又充满热情,毫不避讳地说:我是他的"脑残粉"。

某次去烙馍村吃饭,我夸人家的饼馍真薄,先生开始尝试自己在家烙饼,请教家人,几经试验之后,竟然可以达到薄如蝉翼的地步;

妞儿喜欢吃蛋挞,先生自己买烤箱、研究蛋黄和淡奶油的比例,尝试几次之后,竟然能做出蛋糕店里买的效果;

我妈喜欢吃油条,街上买的油条放明矾太多,对身体不好,先生也自己动手,从和面的软硬程度到醒面的时间长短,从面剂的大小到炸油条时的火候大小,他竟然做得像模像样……

每次我都心服口服地表达崇拜、大呼小叫地炫耀幸福,不折不扣地做他的"脑残粉",以"脑残粉"的眼光看他,爱情越来越甜蜜,婚姻越来越动人。

❷

写到这里,想到表姐和表姐夫的婚姻,悲哀地刚好跟我们相反。

表姐准备学骑电动车，表姐夫说："你得了吧，自行车还骑不好，你能学会骑电动车？"

表姐去防滑链厂打工，需要拿锤子把卡扣卡好，表姐夫说："锤子砸到你手了没？"

表姐去超市酒水区当理货员，第一天下班，表姐夫问的第一句话是："你把人家超市的酒瓶碰碎了没？"

表姐发工资了，准备去银行把现金存到卡上，表姐夫说："你会用自动存款机吗？你用过吗？"

表姐虽然依旧顺利学会了骑电动车、没有砸到手地安好了防滑链的卡扣、没有碰掉一瓶酒地做了理货员、一分不少地把工资存到了卡上，但她并不开心，每天被表姐夫打击，表姐越来越沉默，越来越不自信，越来越没勇气。

我看着原本开朗、热情的表姐变得患得患失、畏首畏尾，恨死了表姐夫。

有一天，表姐夫又说起手机的话题，他的原话是："你姐又不会用手机……"我终于忍不住，咬牙切齿地对他说："你不打击我姐，是不是会死啊？你说句鼓励的话，是不是也会死啊？"表姐夫还在狡辩："你姐本来就不会。"我一字一顿地说："你等着，我让你看看我姐咋用智能手机，她即使真不会，我也能把她教会！"

表姐曾经跟我说过对自己的婚姻失望透顶，我知道这都是表姐夫的"功劳"，他穷极一生都在做婚姻的批评家，都在做表姐的差评师，他可能是无心的，但他却成功地降低了爱的温度，也成功地败坏了婚姻的兴致。

3

真的是这样的，好的婚姻里做对方的脑残粉，坏的婚姻里做对方的差评师。好的婚姻是带着崇拜的眼光欣赏对方，坏的婚姻是带着挑剔的口气贬低对方。好的婚姻是用放大镜看对方的优点，坏的婚姻是用显微镜看对方的缺点。

好的婚姻，认定对方"只此一款，不退不换"，坏的婚姻，指责对方"一无是处，一塌糊涂"。处于婚姻中的两个人，最应该学会的本领是欣赏，欣赏对方的优点，忽略对方无伤大雅的小缺点，忽视对方不影响婚姻大局的小毛病，然后才能彼此滋养、共同成就。

所以，好的婚姻从来没有那么复杂，它和金钱无关，和地位无碍，它只和自己在婚姻中的角色定位有关。定位是"脑残粉"，往往可以轻易看到幸福，定位是"差评师"，常常容易把爱情撕碎。

人生素语

作家李筱懿说："每个甜蜜的女子背后，大多有一个宽厚男子的默默扶助；每个圆满男子的身边，也少不了一个宽容女子的无声支持。" 幸福婚姻一定是这样的：彼此欣赏各自的优点，包容各自的缺点，互相为对方点赞。这种赞赏，是点石成金的妙笔，发掘出对方自己都意识不到的潜能与才华，把另一半建设成为一座宝库。而不好的婚姻一定是这样的：温水煮青蛙，慢慢地浸淫你，啃噬你，消耗你，直至把你打击成一个垃圾堆，最终一生沉沦、断无斗志、绝无希望。

真正的幸福走不散

1

中午吃饭时，同事小夏有点儿失落。

问起原因，小夏说："周末没事整理电话本，突然发现，有很多电话号码已经一年多都没有再打过，也有很多电话号码再也没给我打过。"

小夏说，这个发现，让她很惶恐，也有点儿失落。毕竟当初存下来的电话号码都是自己认为值得珍存的，却没有想到现在沦为冷冰冰的一串数字，没有任何温度，不带一点儿感情色彩。

小夏伤感地说："没想到，还是走着走着就散了。"

以前看到过一篇文章说，网络朋友圈再大也没用，与你真正互相交流的"靠谱好友"仅仅有 4 人左右，看到这个结论的第一瞬间，我有些不愿意承认，怎么可能只有 4 人？

于是我第一时间拿出手机，翻了翻自己的通讯录，然后无奈地发现一个事实：满屏联系人，聊天有几人？

能随时随地拨通电话，能没心没肺放下戒备，能毫无压力倾诉心声的人，好像真的就那么三四个，大多的人，真的走着走着就散了。

也许是老友重逢或者初次相见，彼此交换了联系方式，出于郑重或者出于礼貌记下了对方的电话号码，记下电话时的初衷都是美好的，总觉得投缘的开始预示着以后的结伴而行。

然而最后的结局是，那一串串数字很多没有再拨打过，只是存在通讯录里，仅此而已，曾经以为会延续一生的情谊，有些短暂到从来没有开始过。

❷

闺密叮当曾经深深地爱过一个男人。

为他写过很多诗，为他流过很多泪，也为他做过很多美好的梦，为他做过很多疯狂的事，更为他说过很多脸红心跳的话。

我曾经看过叮当写给那个男人的情书，文采斐然说不上，但真的情真意切。据说阅屏时代，人们看文字的耐心不超过三分钟，可是叮当却肯花一个小时写情书，而且是写在信纸上的那种情书。

我问叮当，为什么愿意继续"从前慢"的时代，叮当说："到我们年老的时候，拿出这些情书该多浪漫啊，每一封都记录着我们走过的每一段旅程。"

却没想到，叮当以为天长地久的爱，还是走到了分手的那一天。叮当哭着说："我再也不会爱别人了，我这辈子都不再相信爱情。"

几年过去，如今的叮当夫贤子乖、家庭美满，当年那个人早已经淡化为一抹淡淡的印痕，无关痛痒，无碍生活。

其实，谁的生命中没有过走着走着就散的人呢？

我也曾经和一位文友相见恨晚，第一次见面，我们就一见如故，后来，隔三岔五地总要约在一起逛街，从来没想到我们会如此投机。

只是没想到，因为一个误会，她用了最恶毒的语言来攻击我，诋毁我一度认为坚实无比的姐妹情谊，而我，也厌倦了解释，毫不犹豫地和她分开，从此纵使相逢亦不识。

写作时还认识一些文友，聊聊写稿心得，说说自由撰稿人的苦与乐，以为这会是持续一生的友谊，却没想到，后来我离开那个队伍，我们再也找不到共同话题，慢慢地也淡了。

学车时也认识一些驾校的学员，酷暑寒冬、风雨无阻，我们从倒桩开始直至练完所有科目，顺利拿到驾照，曾经都说过彼此是同甘苦共患难的至交，这辈子都会是最好的朋友，却没想到，这才不过一年时间，街上偶遇，居然相对无言。

③

从爱人到陌生人，有时也不过是一句话的伤害；从朋友到仇人，有时只是因为一件小事；从知己到路人，有时不过隔着一条街的距离。

人到中年才渐渐明白，不管再用力，还是有很多时候，我们会和有些人走着走着就散了，但成长就是不断地告别，带着成长的痕迹和领悟的道理，走上一个陌生的舞台，见陌生的人，听陌生的歌，看陌生的风景，然后把陌生变为熟悉。

时光可以流逝，记忆可以丢失，但我们读懂的告别，读懂的蕴藏其中的感情和珍爱，永远不会远离，它伴着我们成长的每一步，也会在我们的记忆中永远占有一席之地。

而那些和我们走着走着就散了的恋人，只能说明我们爱得不够深；走着走着就散了的朋友，只能说明我们还只是缘分尚浅。

虽然最终我们放弃了行将持续一生的情谊，但我们依然应该心存感激，然后带着感激的心态，继续寻找走不丢的朋友，继续体味走不散的爱情，终有一天，我们会和真正的朋友相遇，会和真正的爱情相依偎，一路走得远，永远走不散。

人生素语

作家晚晴说过："人生最大的痛苦，是失去了让自己幸福的能力。"稻盛和夫也曾说过："能不能获得幸福，取决于人的心灵境界，这才是幸福的关键所在。"我们都曾经误以为幸福是一种状态的达成和一种关系的固定，标配句式是："一……就……""还好我们一直在一起……"把幸福寄托于未来的某一天，把快乐寄托于关系的固定，然而，这种"状态的达成"和"关系的固定"并不能给我们带来长久的幸福感，降低幸福的沸点和临界点，培养幸福的能力，把握住拥有的幸福，才能让我们真正幸福。

爱笑的人，生活不会太差

❶

周末和同事石榴相约逛街，逛累了，去老街一家甜品店吃甜品。

一进门，老板娘惊喜地从柜台后打招呼："石榴啊，你可有日子没来了！"

我问石榴："老板是你亲戚啊？"石榴一边回答我："不是亲戚，我以前在这附近打工。"一边快速地走向老板娘，"这不是换工作了嘛，离这儿远了，宋姐你还好吗？"

老板娘热络地走到石榴身边："新工作怎么样？还适应吗？你有四五年都没来老街了。"

罹患中度脸盲症的我，对老板娘的记忆力表示了由衷的敬佩："四五年没来，还能记住顾客的名字，您记性可真好！"

宋姐笑："石榴让我印象太深刻了，不笑不开口，可招人喜欢了。"

坐下吃东西的时候，石榴给我讲了她当年的经历：四五年前，她在老街附近的一家鞋厂上班，计件领工资，为了多挣点儿钱，经常加班加点忙到很晚。

作为奖励，石榴隔三岔五会在回家路上拐到这家甜点店吃东西，从买甜点到偶尔拉几句家常，再到后来渐渐成为朋友，宋姐人很好，总会多送些吃食少算些钱，最后竟然处得跟亲人一般。这不，四五年没来，宋姐竟然还记得。

我忍不住夸石榴："你太牛了，能让人记住也是本事啊，快教教我，你用了什么魔法？"

宋姐给其他桌的客人送餐，经过我们的时候，笑着说："魔法就是微笑呗，不要小看微笑的力量。"

石榴微笑着点点头，我却陷入了沉思。

回想了一下，石榴确实很爱笑。和她同事这些年，很少见她愁眉苦脸过，她总有化尴尬为幽默的能力，也总有最强的感染力。

她是办公室最受欢迎的同事，大家都喜欢跟她搭班，因为心情最愉悦、效率也最高。除了靠谱的工作能力、缜密的思路和执行力超强的计划，还有让我原来忽略了石榴"爱笑"这个特征。

看我沉思，石榴又跟我分享了她刚结婚时的一段经历。刚结婚时不太适应，虽然对公婆很孝顺，他们却总跟石榴有一种距离感，感觉跟相敬如宾的陌生人一样。

回娘家倾诉时，母亲说："你多笑笑嘛，你看你在外面春风满面的，一回到家就端着一张脸，人家怎么可能跟你亲近？"

从那以后，石榴就开始尽量让自己面带微笑地说话，一段时间后，跟公婆的关系还真的缓和了。婆婆后来拉着石榴的手说："还是笑眯眯的好，你刚嫁过来那会儿，整天冷冰冰的，一点儿也不热和人。"

原来，爱笑的人，生活真的不会太差。笑是强大的气场，而笑脸是最美的语言，因为独有的温馨和魅力，成功凝聚了温暖的力量，也诗意地种下了美好的种子。

②

我们部门的领导杨姐没有领导架子，和同事们打得火热。大家有事没事都喜欢往她办公室跑，杨姐除了办事干脆利落以外，还爱说爱笑，跟她在一起轻松愉快。

月末的聚会上，杨姐跟我们分享了她创业之初的经历，让一帮人敬佩得竖起了大拇指。

刚开始创业那几年，杨姐住在北京胡同里的小平房里，空间逼仄，推门进屋基本等于脱鞋上床，"狗都得竖起尾巴才能进来"。

从农村来到大城市的女孩，不怕苦，不怕累，生活最艰苦的时候，杨姐卖掉唯一值钱的mp3，换来20块钱，去买面条和咸菜度日，但她依然爱笑，坚持用诙谐的心态鼓励自己，告诉自己"天将降大任于斯人也"。

杨姐说房东太太最喜欢她，总是给下班晚的她留好吃的，每天下班后炉子上的一碗粥，或者餐桌上的一盘牛肉，是杨姐在那个城市最初的温暖。

我们问杨姐，房东太太为什么那么偏爱你？杨姐说："这个问题我也问过，后来房东太太告诉我，她说喜欢看我笑，好像每天都有好事发生一样，看着我笑她也心情愉快。我猜大概笑容是消散雾霾的利器吧，哈哈。"

"爱笑的姑娘"成了房东太太对杨姐专属的称呼，而这位"爱笑的姑娘"也在每天的实操中收获了宝贵的经验，从最初一个人到接下来的带团队，从基层的一线员工到团队领导，杨姐说她遇到了很多贵人，她走过的每一步都踏实而有力。

没有强大的后台、没有傲人的身材、没有出众的外貌，但爱笑的杨姐给合作过的人留下了深刻的印象，她用一米八的情商和二丈六的拼搏精神，拼出了自己的事业，开创了自己独一无二的职业生涯。

生活从来不会亏待努力认真的人，也不会亏待爱笑的人，哪怕前方困难重重，哪怕梦想远在天边，爱笑的人依然能够看到光透过来的方向，认真的人依然能够把握每一个伪装成磨难的机会。

3

笑是一个人感情的自然流露，直接展现一个人的性格和涵养，只要不是装出来的皮笑肉不笑，真情流露的笑最能折射一个人的真实性格特征。

泰戈尔说过："当一个人微笑时，世界便会爱上他。" 雨果也曾经说过："有一种东西，比我们的面貌更像我们，那便是我们的表情。还有另外一种东西，比表情更像我们，那便是我们的微笑。"

有些时候微笑比语言更有力量，生活本来鲜花和荆棘同在，梦想本来希望和失望共存，爱笑的人有一颗从容豁达的心，可以面对坎坷和风雨，可以走过失落和艰难，然后会惊喜地发现，一切并没有想象中那么糟糕。

爱笑的人有一种坚定磅礴的力量，可以正视生活的考验和波折，只要自己不认怂，没有人可以压垮你，内心的强大是真正的强大，而微笑就是最好的通行证。

让我们常常嘴角上翘，露出八颗牙齿吧，释放善意，与世界和睦相处，释放力量，与自己快乐同行。

人生素语

民间有俗语，一笑解千愁，笑一笑十年少，怒拳不打笑脸人，微笑的好处自是不言而喻。生活不能缺少微笑，人生不能摒弃微笑。微笑是永不过时的通行证，它像呼吸一样自然，像阳光一样灿烂，是自信的象征，也是乐观的体现，爱笑的人有一种坚定磅礴的力量，可以正视生活的考验和波折，可以收获人生的圆满和幸福。

第六辑

在时光中，一步步成为自己喜欢的模样

分寸感到底有多重要？

①

毕业二十年，学校组织了一次聚会，天南海北的同学们好不容易聚到一起，已经二十年没见过的同学们举杯推盏、相见甚欢。

当年的体育委员马涛姗姗来迟，站在台上自我介绍后，他自罚三杯酒，跟大家道歉，如果说这动作让大家觉得马涛很豪爽的话，那他接下来的动作就让在场的同学们都很尴尬。

喝完三杯酒，马涛直接绕过主席台，跑到当年的班花单单身边拥抱，都是二十年没见过的老同学，礼节性的拥抱可以理解，但没想到马涛意外"发疯"，一把熊抱起单单，360度转了两圈后，直接强吻单单，惹得在场的同学们大叫："马涛，你平静一下，赶快放下单单，要不然我们报警了。"

转圈圈、举高高、玩亲亲，貌似是小情侣之间的动作吧？两个二十年都没见过的人，至于亲热到这种地步？在公众场合做这么没分寸的举动，怎么看都不合适。

何况，马涛和单单好像也没有多熟悉，单单自己也说，两个人二十年没见面了。

二十年没见面，一见面就被强吻，单单被吓得花容失色，羞涩地捂起了脸，直说："吓死我了。"依旧紧紧搂着单单的马涛，脸上的表情却很得意："我知道我要克制，但见到单单，我真的克制不住，当年追单单追得多辛苦，现在就想抱得有多紧。"

"克制克制再克制，可我真的克制不住"，听着好像电视剧里的台词啊，但大家都是成年人，还这么克制不住，二十年的生活磨砺难道没有教会一个成年人分寸感这回事吗？

果然，聚会结束后，马涛当天的表现成了全班的话题：

"三杯酒下肚，马涛就醉成那样了？"

"这怕是故意在装疯卖傻吧？"

"这真是史上最尴尬的同学聚会，没有之一。"

虽然马涛事后跟单单道歉，说自己激动过头了，不是有意为之，但有失分寸的马涛在同学们心目中的印象却怎么都弥补不了。

❷

美国人类学家爱德华·霍尔博士认为人和人的关系有四种距离，由疏到近分别是公共距离、社交距离、个人距离和亲密距离。

与人交往时选择的语言、保持的距离、做出的动作、运用的尺度都要和这四种距离相适应，越了界、违了规便是失去分寸。

很多时候，惹人厌烦的人，并不是卑鄙顽劣，可能很大一部分原因是没有掌握好分寸。

分寸应该是人际关系学中处世为人的界限，也是日常交往中待人接物的能力。

看《红楼梦》时，有一幕场景记得很清楚，有一回薛姨妈让王夫人的陪房周瑞家的送十二朵宫花给贾府的大小姐少奶奶们，周瑞家的由近及远送了一圈，剩下最后两朵给了黛玉。

黛玉第一句话不是感谢长辈还惦记着小辈，送了礼物给自己，也不是表达对宫花的喜欢，而是直接问："是单送我一人，还是别的姑娘都有呢？"

周瑞家的老老实实地回答："各位都有了。"

黛玉又用了她一贯的作风："我就知道，别人不挑剩下的也不会给我。"

且不说长辈的好意黛玉没有心领，单周瑞家的身份，黛玉就不应该说出这种话啊，她和周瑞家的熟到那种地步了吗？

私下里的抱怨，可以表达，但最好限于对自己亲近的人表达，对和自己无关的人说一句大不敬的话，不仅丧失了分寸感，还抹黑了形象力，也怨不得别人会给黛玉贴上"说句话比刀子还厉害"的标签，怨不得大观园里上到家族长辈，中到手足姐妹，下到仆人随从，真心喜欢黛玉的其实并没有几个。

年少时，我曾经以为这是黛玉的真性情，但年龄渐长，我不再认为这属于真性情，跟一个身份地位不同、关系并不亲近的人说出不该说的话，只能证明黛玉没有把握人际交往中的分寸感。

3

我最敬佩杨绛先生，除了著作等身的成就、经营婚姻的智慧、笔耕不辍的毅力，还有她特有的分寸感。

费孝通先生与杨绛先生在中学、大学都是同班同学，费孝通先生认为自己比钱钟书更适合杨绛先生。杨绛先生说："若要照你现在的说法，我们不妨绝交。纠缠，没必要！"

据说费孝通先生直到晚年，还把杨绛先生称为自己的初恋女友，杨绛先生直言："费的初恋不是我的初恋。"先生用分寸感干净漂亮地撇清，根本算不得初恋，充其量只是费孝通先生一厢情愿的暗恋。

据说，钱钟书先生去世后，费孝通先生还专程去拜访杨绛先生。送他下楼时，杨绛先生一语双关："楼梯不好走，你以后也不要知难而上了。"

杨绛先生不愧是钱钟书先生心中"最贤的妻、最才的女"，她用高情商和分寸感完美拒绝了暗恋她的费孝通先生。

分寸感其实很微妙，每个人在社交关系中，都有独属于自己的安全空间，都有独属于自己的底线，安全空间和底线因人而异，但无一例外，它应该始于人品，忠于原则。

生活中，我们喜欢的朋友，通常能够巧妙掌握分寸感，我们避之唯恐不及的朋友，却往往轻易越界和越矩。

有分寸感的人，往往知道如何说话和办事才不至于让别人尴尬，他们了解别人的敏感点，并能巧妙避免，他们不见得可以"锦上添花"，但也从来不会给人添堵。

没有分寸感的人，往往乱开玩笑，总是在不合适的时间和不适合的地点，说不合适的话，做不合适的事情，他们不懂顾及场合，却还辩解说自己"不拘小节"。

分寸感其实是一个可爱的词汇，既给自己自在，也给别人尊重，既能规范做事边界，又能掌控做人底线，愿我们都是聪明人，守好自己的界限，也绝不逾越别人的界限。

邦达列夫说："人类一切痛苦的根源，都源于缺乏边界感。"其中的边界感，其实就是我们人情社会中最缺的——分寸感，也是我们常说的"度"，过犹不及就是说多了少了都不好，万事须讲"度"， 对分寸的拿捏程度，显示了一个人的教养程度。把握好分寸感、掌握好度的界限，是成熟的重要标志。分寸感，不是指疏远，也不是指傲慢，而是指站在更高的角度，清醒认识自己的位置，然后做出合适的举动。在人际交往中保留一定的"分寸感"，是做人的最低底线。

那些小事叫作爱情

这段日子，小表妹秀秀的爱情成了七大姑八大姨的重要话题，甚至还成了被苦口婆心劝说的对象。秀秀怎么能放着有车有房、可以给她提供丰裕物质生活的小高不要，偏偏选了工作一般、看起来还不可能大富大贵的小何做男朋友呢？

我的电话也被迫成为"热线"，这个说："你可得好好劝劝秀秀，贫贱夫妻百事哀，老话说得一点儿都没错……"那个说："理解不了你们年轻人，爱情能当饭吃吗？还不是得过个家境好……"

我问秀秀："大家理想中的对象小高到底咋样？"秀秀说："不合适，当然要分开。"我饶有兴致地问："为什么不合适？"秀秀神秘地说："细节。"

原来，秀秀收拾好的屋子，被小高东踢一只拖鞋、西扔一只袜子地弄乱，秀秀提醒他珍惜一下自己的劳动成果，小高气势汹汹地喊："我要你不就是为了收拾家务、洗衣服吗？！"秀秀说，细节暴露人品，原来在他眼里，找个女朋友就是为了找个免费的保姆和洗衣机，如果爱情掉价成这个样子，她宁愿不要所谓的"家境好"。

秀秀最终选定的小何没有外人看起来光鲜的职业，但他却真的把秀秀捧在心上。

生病的时候，小何专心做秀秀喜欢的粥和菜。细细地切，小火慢慢地熬，斑驳的萝卜、凸凹的土豆、辣出眼泪的洋葱，她尝得出新鲜的芳香，也尝得出爱情酸酸甜甜的味道。

偶尔不小心划破的手指，被热油烫红的皮肤也被他细心藏着，害怕她担心；每月不舒服的那几天，小何严禁她摸凉水，所有需要用水的家务活儿全是小何包揽，洗衣、洗菜、连文胸他都替她耐心地洗好。

吃西瓜的时候，他转着圈吃，把中间最甜的那块留给她；上街的时候，他永远走在她的左边，把最安全的位置让给她；吃石榴的时候，永远都是他剥皮，他害怕石榴皮的汁把她的手指染上颜色……

秀秀一脸甜蜜地跟我复述他们的爱情细节，我竟然不自觉地被打动，也暗自庆幸秀秀终于知道了爱情的真谛，其实，只有那些小事，才叫爱情。

❷

很多年以前，我也是因为这些小事，才认定了身边人。

那时候，我们还在外打工，租住的房子虽然很简陋，却有满满的爱：

晚上打开日记本，发现它放在电视机纸箱加一块木板做成的"桌子"上，那块木板他花了一下午的时间刨光；

靠在椅子上，靠垫软软的，伸出手把他为自己选的靠垫抱在怀里，靠垫上的卡通小猪冲自己憨憨地笑；

去翻书看，简易书架是他用邻居弃置的旧木条一根根钉起来的，清楚记得他挑选宽窄、厚薄一样的木条时专注的样子；

书架上写稿用的本子，每一本都被他编上了序号，第一页上写着他龙飞凤舞的字"自信人生二百年，会当击水三千里""少贪梦里还家乐，早起前山路更长"；

躺在床上，看着枕边的眼药水，想起他总是温柔地提醒自己要注意保护视力，他说以后有钱了要到各地旅游，镜头里的我一定得目光澄澈如水、笑靥艳美如花；

抬起头，看到天花板上云朵形状的白纸，想起有一次房子漏雨，房顶上留下了痕迹，他站在凳子上帮我把自制的云朵贴好；

伸手去关灯，灯绳被他从离床很远的门口开关上续了一根丝带拉到床头，丝带末端被他细心地粘在墙上，就在我从被窝里一伸手就可以触到的地方……

正是这些洋溢着温情的爱的细节，让我满心满眼都是细腻的感受，也总是深深感受到被捧在手心的幸福。这样的细节充盈在生活中，永远不需要想起，永远也不会忘记。正是这些细节伴着我们走过了爱情中的每一步，也伴着我们坚定地走进婚姻，走向白头。

❸

其实，很年轻很年轻那会儿，总觉得爱情是天大的事情，怎么能容许敷衍、怎么能原谅平淡？人到中年才渐渐明白，只有小事才叫爱情。

撕心裂肺的不是爱情，大喜大悲的也不是爱情，荡气回肠的爱情只是小说的杜撰，跌宕起伏的爱情只是电视的情节，真正的爱情其实藏在生活的琐碎小事里，藏在点滴岁月中。

两个人过一生靠的就是细节的点点滴滴，只要两个人真心相爱，记忆中总会有闪光的一瞬。那些闪光的瞬间，连起来就是长长的美丽的一生。细节见证爱情温暖地生长，细节彰显婚姻蓬勃的希望。

正是因为这些瞬间的美好，平淡的爱情才恒久，正是因为这些片段的积累，普通的婚姻才珍贵。

人 生 素 语

圣·埃克苏佩里在《小王子》里说，"因为你在玫瑰花身上耗费时间，才使得她变得如此重要"，因为我们在爱情上投入真心，相伴才变得如此美好。情窦初开时，我们曾经认为爱情一定要跌宕起伏、感天动地，中年以后才明白，那些小事才叫爱情，就像我们每天都要呼吸的空气、每天都要喝的白开水。空气无色无味，甚至感觉不到它的存在，但离了它我们会窒息。白开水给味蕾带不来任何一丁点儿的刺激，但离了它我们同样无法生存。

最好的爱，其实只是彼此成为更好的人

1

和同事外出办事回来，我们的车被堵在距离单位50米的地方，下车去前方打探情况，原来这是一户人家的迎亲车队，30辆宝马一字排开，霸占了整条道路的右侧，因为领头的婚车被村民拦住要喜糖，车队耽误了一点儿时间。

在我们乡下，结婚能有这样的排场，确实很奢华。

看着宝马车队一溜烟地向前方驶去，95后的同事一脸艳羡地说："原来这是迎亲车队啊，新娘好幸福啊，她有世界上最好的爱！30辆宝马，这得多大排场啊！如果不是因为爱，新郎会这么用心吗？真羡慕新娘！"

我并不认同她的观点，撇开结婚当天的排场并不代表今后生活的用心程度不说，幸福不幸福真的和奢华的外在没有太大关系。

跟95后同事谈爱情观，好像我的观念很老套。我无意于揣测用了30辆宝马迎亲的新郎和享受着同事认为的"排场"的新娘之间的爱情，我更没有权利否定别人奢华的爱情观，但我从来不认为这就是最好的爱，更从来不认为这就是最好的幸福。

想起我和老公当年的婚礼，两人都是一穷二白的穷学生，大学刚毕业，没有积蓄，更不想伸手跟家人要钱，我们只是出门旅

游了一趟就算是结婚了，没有婚礼，没有车队，没有钻戒，但这并没有影响我们的幸福指数在以后的日子中一点点增加。

结婚十年来，我们很少吵架，偶尔拌嘴也只是就事论事，从来不翻旧账，更不会冷战影响感情。这些年，我们一直在努力，从没有一点儿积蓄到慢慢买了车、买了房子、有了孩子，家的氛围让我越来越享受，也让我越来越珍惜。

从青涩的少年到成为撑起整个家庭的顶梁柱，我们越来越从容自在。我生性懒散，在他的潜移默化下，开始学着规划自己的未来并通过努力为自己的未来增加筹码；我一直自卑，在他的积极鼓励下，慢慢找到让自己自信的方法；我向来敏感，在他的影响下，我渐渐学会摒弃患得患失。这些年，我们互相影响，渐渐让对方成为自己心中更理想的模样。

我从来不敢夸耀我的爱情，但我知道最好的爱其实和物质关系不大，和改造对方距离更远。最好的爱情，只是彼此愿意包容守候，一起在时光里慢慢成长，你抹去我的自卑，我改变你的青涩。我越来越自信，你越来越有担当，在携手相伴走过的岁月里，我们都成为最爱对方的人。

2

95 后的同事问我，那你认为什么是最好的爱情？

我说大概就像单位里的田巧和梁松吧，我最敬服的是他们彼此的经历，更羡慕他们合体时星光熠熠、分开时各自闪耀的状态。

结婚 10 年，沧海桑田，流年暗换，时光逝去了，42 岁的田巧依然有清澈明亮的眼神，依然保持着女孩的清纯动人，一直温润恬静着，干净清澈地美了这么多年，顶着完美人设的女神，真的活成了女神的样子。

而梁松从一路过关斩将的国考开始，基层的锻炼和单位的磨炼让他快速成长，办事水平、工作成绩、取得荣誉被整个单位的人称赞。

工作之外，田巧和梁松都有各自精彩的生活，各自丰盈着自己的阅历、增加着自己的积淀、提升着自己的眼界，坚定地走在成为更好的自己这条路上。

田巧不仅是单位有名的才女，同时还有广泛的兴趣：演讲、酷跑、徒步、滑雪……时不时参加个市里的演讲比赛，还总能拿到不错的名次。

而梁松不仅学历好、性格好，从小接受着更加宽广的教育环境，他还是市书法协会的成员，经常有作品展出。整个单位大院提到梁松和田巧夫妻俩，都会伸出大拇指。

有共同的兴趣爱好、有自己独立精彩的生活、有成长为最好的自己的勇气，田巧和梁松一边走在越来越好的路上，一边把他们的爱情变成了单位的佳话。

❸

其实，最好的爱情，无非是单身时坚定地让自己增值，在一起的时候笃定携手走过一生；彼此包容守候，一起在时光里慢慢成长，我越来越自信，你越来越有担当。

在爱的目光注视下，给对方爱的滋养，一起温暖担当，让彼此成为更好的人：一个人的时候，要各自精彩，两个人的时候，才能交相辉映。

人生素语

我们每个人都曾像一粒米，可以有很多形态——埋进土里是种子，遇水加热是米饭，掉进臭水沟就成了烂泥。好的婚姻，像一片温润的土地，能让这粒米变成一颗种子，生根发芽，绽放出更好的生命。而坏的婚姻会像一潭臭水，会把这粒米沤烂、腐坏，布满细菌，臭不可闻。爱从来不仅仅是占有一个位置，爱是让一切变得更好的方式，爱一个人，就应该让自己变得更好，传递给对方更好的能量，在时光中磨合成长，你抹去我的嚣张戾气，我磨掉你的生涩胆怯。你越来越温暖担当，我越来越沉静柔软，在不经意间，彼此都成为更好的人。

唯有温暖御风寒

1

早上等班车的时候已经能明显感觉到冷，我一边向手心哈热气，一边刷新闻，很快一则让人心生暖意的新闻引起我的注意。

事情的经过是这样的：苏州市吴江区发生了一起交通事故，直行与左转绿灯同时亮起时，因为红色轿车驾驶员在转弯过程中，疏于观察路口情况，没有及时避让直行的三轮车，与三轮车相撞，三轮车驾驶员不幸被卷入车底。危急关头、万分紧急的一刻，路过的出租车、私家车、水泥搅拌车、快递车等纷纷停了下来，司机们先后奔向事故现场，15位过路司机齐心协力，抬起了重约1.5吨的汽车。

在众人的努力下，三轮车驾驶员被第一时间救出，并被送往医院救治。成功救出伤者后，参与救援的司机们回到自己车上，淡定驶离现场，路口的交通也逐渐恢复正常。送医后的伤者多根肋骨骨折，但并未有更严重的伤情，医生说抬车的热心司机功不可没。

我一遍遍地看着视频，感受着现场的暖流，这15名司机"抬车救人"温暖的不仅仅是伤者一个人，还温暖了隔着屏幕的我们。陌生人之间的善意，让我隔着屏幕也触摸到了温暖的力量，忍不住想要喊出："嗨，亲爱的陌生人。"

❷

我曾经也有过被陌生人帮助的经历，虽然已经过去了这么久，我却每个细节都记得清清楚楚。

那是个周末，我正在家睡懒觉，临时接到单位通知，要加班，而且要求尽快赶到。心急火燎地跑出家门，我甚至没有耐心站在路口等车，一边往单位的方向跑，一边回头向后边看，盼望着有一辆出租车能适时地停在我跟前。

可越着急，越是等不到，就在我跑得气喘吁吁的时候，有一辆银灰色的车停在我身边，司机摇下车窗说："走，我捎你一段路！"

我看看司机，不认识，再看看车牌号，还是不认识，正要摇头说"不用了"，司机说："捎一段算一段，到哪儿有车了，你就赶车，省得耽误时间。"

因为单位事情紧急，我没有考虑太多就拉开车门坐在了副驾驶上，可在车辆行驶的过程中，我却开始害怕了：万一这个司机是坏人怎么办？万一他把车开到我不熟悉的地方怎么办？我要不要打电话求救？我要不要跳车？有了这些念头，再看司机怎么都不像好人了：他为什么平白无故地捎我啊？他干吗对一个陌生的女人这么热情呢？

我开始坐不住了，就在我心神不宁的时候，司机突然开口对我说话了："姑娘，你是不是在想我是不是坏人？唉，现在这年头，真不如从前了。我挺感谢你信任我的，你都不认识我，就敢坐我的车。"我愣住了，不好意思跟他说，我刚才如何在心里揣测他，如何在心里做斗争。

司机一边开车，一边跟我回忆从前。他说，他从小在乡下长大，住在一个村里的人都像亲戚朋友一样，谁也不用防着谁，大门都不用锁。东家的叔叔家里没水，直接自己推门来家里接；西家的奶奶要做针线活儿，把东西放到床头，妈妈有时间就会替她做；南头的大伯要去地里打药，对门儿会跟他说：放心去地里吧，你孙子放学回来了，俺管他吃饭；北边的婶婶有事要出门，跟邻居说一声，邻居自然会帮她喂鸡喂狗……司机说："那时候真好啊，多有人情味儿啊！现在住进楼里可好，都从猫眼里看人，都把人看远了啊！"

司机陷入回忆的时候，我也开始怀想他描述给我的不落锁的村庄，那浓浓的人情味和厚重的乡土气息是村庄诗意的配饰，让人怀想，让人眷恋，让人感激，也让人伤感。住进高楼的人们，也许再也体会不到那份温情了，想想是多么得不偿失的一件事。

那天，那位司机把我送到了单位，我没有问他的名字，也没有问他的电话，但我知道从那天起，他把一份信任根植进了我的心里，来自陌生人的温暖，再一次感动了我自己。

所以直到现在，我都记得他的车牌号，在记忆里，他永远是我最亲爱的陌生人。

③

同事小潘也跟我分享过她去菜市场的一次经历，某天晚上看电视一档饮食栏目推荐了一种羊肉的新吃法，她忍不住想去尝试一下，但因为从来没有做过，并没有把握能试验成功，就跟老板说先少买一点儿，要不然实验失败就浪费了。

老板还没有说话，身旁的一位阿姨却开始教她羊肉的做法，怎么做能去除羊肉的膻味儿，怎么做能让羊肉鲜嫩易消化，怎么做能最大限度地保留羊肉的营养，阿姨不厌其烦地告诉她步骤，精准到放盐多少、放油多少、用时多长等。

买好羊肉离开，小潘跟阿姨挥手再见，阿姨笑着对小潘说："赶紧走吧，闺女，天冷了，回家暖和去吧。"小潘说，阿姨那句温暖的话，让远嫁的她一下子就想起了家乡的妈妈。"心里暖暖的，虽然那位阿姨我根本不认识，但她就像把我当成她不会做饭的女儿，耐心叮咛，唯恐遗漏什么。"小潘感动地说。

你看，凡俗普通如我们，也会遇到这么多温暖的人，看到这么多美妙的事。

就像那个著名的故事，苏东坡与佛印在林中打坐，佛印说："观君坐姿，酷似佛祖。"苏东坡却逗佛印："上人坐姿，活像牛粪。"佛印微笑不语。苏东坡以为自己让佛印吃了亏，暗自得意，在苏小妹面前嘚瑟，苏小妹却说："佛印以佛心看你似佛，但你是以什么心态来看佛印呢？"

所谓"佛由心生，心中有佛，所见万物皆是佛；心中是牛屎，所见万物皆是屎"，如果怀有仁义之心、温柔之心，我们就能看到陌生人之间的善意和温暖；如果怀有猜忌之心、暴戾之心，我们就只能看到陌生人之间的芥蒂和距离。

唯有温暖御风寒，愿我们都做收藏陌生人温暖的有心人，更愿我们做给予别人温暖的陌生人。因为一点一滴都是爱，一丝一毫都关情，在这些温暖的庇护下奋力前行，我们才能不惧风寒。

人生素语

　　村上春树说："你要记得黑暗中默默抱紧你的人，逗你笑的人，陪你彻夜聊天的人，坐车来看望你的人，陪你哭过的人，在医院陪你的人，总是以你为重的人，带着你四处游荡的人，说想念你的人。是这些人组成你生命中一点一滴的温暖，是这些温暖使你远离阴霾，是这些温暖使你成为善良的人。"唯有温暖御风寒，唯有真情暖人心。

嘿，光芒万丈的 30+！

①

走路来上班，进单位大院的时候，看到一肤白貌美大长腿的美女捧着一大束玫瑰走过，一边走一边打电话："收到了，花店的人送到单位了！你这不是在高调拉仇恨吗？"美女的嗓音甜甜的、糯糯的，感觉眼前有一大波粉红泡泡悄悄绽裂，空气里全是甜蜜的味道。

到办公室说起碰到的捧花美女，95后的同事一本正经地胡说八道："姐，你是不是很羡慕人家收到鲜花啊？你是不是很久都没有收到鲜花了？中年妇女一般都不舍得买花，都用来买菜了吧？"

"中年妇女"，如今，这个称呼好像总有那么一点儿尴尬。还记得金正男在马来西亚机场遇袭时的新闻，不管事件始末，不管恩怨情仇，我只记住了一个细节，媒体报道把行刺人描述成1988年的中年女子。

1988年都中年女子了，眼前一黑，那我呢？

我30+，难道应该算是老年吗？

度娘说年龄的最新分段，45岁以下为青年；45～59岁为中年；60～74岁为年轻的老人或老年前期；75～89岁为老年；

90 岁以上为长寿老人。这样才对嘛，我这样的年龄应该算青年，还不算中年。

正因为当时已经认定自己属于青年行列，我冲 95 后的小伙子一笑："姐还不是中年妇女，姐属于青年人。不舍得买花怎么了，姐都把钱用在刀刃上了！"我这边还没得意一小会儿，95 后同事说："得了姐，赵雷说他母亲 34 岁才生下他，都属于老来得子。你怎么还算是青年人？"

赵雷我知道，那个很火的民谣歌手，他好像还有一首歌叫《三十岁的女人》。

我翻了翻歌词，大抵讲了这样一个故事：一个 30 岁未婚女青年，虽然身材还没走样，但是眼角已经有了皱纹。赵雷貌似挺同情她，"我知道，深夜里的寂寞难以忍受"；赵雷貌似对这个女人也挺有情意，劝她"随便找个人依靠"，但又有点儿担心，没人给她"春一样的爱恋"……

喜欢赵雷的说他只是在表达事实，反对赵雷的说他必须道歉，其实何必呢？听个歌而已，用不着玻璃心。30 岁怎么了？ 30+ 又怎么了？不过是人生中不可避免的阶段而已，活成什么样子跟年龄根本没有关系。

❷

记得前两年，我也曾经因为年龄恐慌过。

单位要整理人事档案，填表的时候，我对着年龄栏里写下的"30"发起了呆。

怎么这么快，我就 30 岁了呢？好像青春靓丽的日子，还在昨天，好像年少轻狂的日子，还在眼前，我就一下子步入 30 岁了，突然就有些伤感起来。

30 岁，我已经老了吗？记得 20 岁那会儿，曾经那么排斥 30 岁的女人，觉得她们青春韶华已逝，哪里还有什么激情？却没想到，这么快，我自己也步入 30 岁了。

30 岁，生出惶恐。孔老夫子的"三十而立"响在耳边，心里就生出急迫感。"三十而立"，立的是事业，我呢？看看自己，依旧平凡地活着，像最不起眼的蚂蚁，为生计奔波，不曾大富大贵，不曾飞黄腾达，当然也不可能一鸣惊人。突然在心里埋怨自己，怎么这么快就把青春没有任何声响地丢弃了呢？

30 岁，生出迷惑。衣橱里青春靓丽的衣裙还没有上身，突然就觉得不合适了。30 岁了，再用这样的装束打扮自己，就显得不伦不类了吧？可是 30 岁的我，该穿什么类型的衣服呢？是要穿老气横秋的套装还是要不管不顾地继续扮嫩？

30 岁，生出一丝丝自豪。不管怎么说，我已经不是小丫头了，好多事开始需要自己做决定。韶华渐逝，但我毕竟在一点点地接近成熟，也开始一点点地接近梦想，和那些十几岁的孩子相比，我至少不再彷徨和迷茫，至少我拥有了坚定和勇气。

我也就从 30 岁那年开始，不再惧怕年龄，心底也不再纠结和彷徨。无论如何，我镇定地注视了自己的年纪，也平静地接受了匆匆而逝的岁月。

我甚至还觉得 30 岁是我的成长礼，将彷徨和纠结隔在一边，将坚定和笃信握在手中，从此我可以顺从自己的心，不再委屈自己,不再刻意迎合,不再矫情做作,因为我开始明白做自己的含义,也开始珍惜该珍惜的一切。

3

春节前,母亲需要做手术,有两家医院可以选,选择 A 可能花费稍低点儿,但手术排在几天后,选择 B 能马上做手术,但花费比 A 高两万多块。父亲问我:"要去哪个医院做,你拿个主意吧。"

我毫不犹豫地说:"肯定去 B 医院,马上做手术。不用操心钱的事,钱我来解决。"收拾好东西,我们直奔 B 医院,一路上,有些许心酸。不管我在外面的身份多么卑微,不管我在单位的地位如何,但在家里,我开始承担起照顾家庭的重大责任,我开始成为父母的定心丸。

记忆里,父母风风火火的样子还在,转眼之间,他们却需要我来做决定和照顾。所以,我老了一岁又怎样?我照顾家人的能力在随着年月的增长而增长,我考虑事情的周全程度在随着年岁的增长而增长,我怎么需要害怕年龄?

家人需要我学会担当,父母需要我有能力照顾,孩子需要我高质量陪伴,而这些并没有因为年龄的增长而减少,反倒随着年龄的增长在日臻完善,那年龄增长有什么可怕的?

其实,从来没有可怕的年龄,可怕的只是我们还没有掌控自己的能力和照顾家人的资本,可怕的是我们还没有镇定注视自己年龄的心态和从容不迫的状态。

真的,年龄大小有什么关系? 30+ 又怎样? 40+ 又怎样? 各个年龄段都有各个年龄段的好，重要的是我们坚定踏实地走过，重要的是我们不断成长、不断积累、不断前行，接受生活最真实的样子，直面生活最残酷的现实，解决生活最无奈的困难。

尽管30+的女人已经没有十七八岁女孩那傲人的青春，没有20岁女孩可以任意撒娇的资本，但我们拥有过年轻，也拥有从年轻慢慢走向成熟积淀的美，我们依然可以光芒万丈，我们依然可以心若暖阳。年龄增长并不值得恐慌，任何阶段都有它的美，我们所应该做的，只是镇静地注视着自己的年龄，用最坚实的努力不辜负每一天，用最平和的心态拥抱每一天，然后让最美好的笑容绽放在脸上，傲视群雄，藐视时光。

人生素语

小时候，父母时常告诉我们不要害怕：不要害怕黑暗，不要害怕摔倒，不要害怕做自己，不要害怕追逐梦想。直到现在我们都没有学会，因为我们开始害怕年龄、害怕变老、害怕孤独、害怕漂泊……其实，任何年龄都不要怕，每个年龄段都有独属于它的美，30+的女人已经没有十七八岁女孩傲人的青春，没有二十几岁女孩可以任意撒娇的随意，但依然拥有年轻，拥有从年轻走向成熟的积淀的美，依然可以光芒万丈。

不设限的人生最美丽

①

办公室新来的实习生笑笑着急去市里办事，坐公交车不太方便，赵姐自告奋勇地说："我送你去！"笑笑很惊讶："赵姐，女司机还是不要去市区了吧。路况太复杂，女司机都处理不了。"

赵姐自信地说："我去过市里，再说，谁限定了女司机处理不了呢？"笑笑说："女司机开车水平本来就是不行嘛！"

我们都很无语，笑笑自设了一个牢笼，名字叫作"女司机就是不行"。

赵姐说，四年前她也是这样设定自己的，平衡感太差、方向感不足、记路能力不行、面对突发情况应变能力不够，因此从来没想过学开车的事。

可是后来单位需要下乡采访，会开车成了必备技能，没有驾照成了心头大患。领导逼着每一个同事尽快考驾照，并放话说，如果拿不到驾照，就考虑裁人。赵姐就在那样的情况下去驾校报了名。

刚开始，真的有些手忙脚乱，但开车熟能生巧，开得多了，自然就没有最开始的恐惧了。慢慢地就会发现，开车并没有想象中那么复杂，女司机也并没有设定中那么差劲，女司机同样可以驾驭以前认为根本就不可能驾驭的东西。

听赵姐说完自己的故事，笑笑不好意思地说："都是我先入为主地认为女司机不行。"

我也想起刚跟着老师学写稿子的时候，我当时写得最顺手的是美文，我也一直认定我的兴趣和爱好都在美文上，家长里短、美食、段子、小说之类的文体，我根本写不了。偏偏老师非常严厉，她说美文写得顺手，别的文体也可以写得很顺手，关键是必须尝试、必须交作业。

我硬着头皮尝试自己没有接触过的东西，刚开始，我写得不太顺，但是经过老师的点拨，我也慢慢找到了自己的方法，虽然不像写美文那样顺手，但达到发表的标准还是可以轻松实现。我在想，如果当初，我认定了自己只能写一种文体，也一直写那一种文体，我发表稿子的机会就会少很多，我的稿费也会少很多。

真的，很多时候我们所谓的不行、不能或者不可以，都是自己吓唬自己，都是自己想象出来的困难，其实，并没有那么可怕，只要勇敢走出自己设定的牢笼，我们就能看到不一样的风景，并能开发自己拥有的另一种能力，然后惊喜发现自己还有以前未曾发现的这一面。

❷

同事冰冰学英语的劲头，一直被领导称赞，各种大会小会都要点名表扬，"如果你们拿出冰冰学英语劲头的十分之一，工作肯定不是现在这个档次"。同事们在敬佩她努力的同时，也敬服她迎难而上、绝地反击的魄力。

高考英语 27 分，参加工作后重新开始啃语法、背单词，家里冰箱门上都贴满了单词、连厕所都贴满了密密麻麻的英语便笺条，经常发语音"骚扰"自己的英语老师，让老师纠正发音。

冰冰学英语的劲头，超过了高三学生，午休时间我们都在刷剧看电影，冰冰争分夺秒练英语，哪怕三五分钟也不放过。连上卫生间都戴着耳机练听力，有时说梦话都是在说英语，就像走火入魔了一样。

我们问她为什么这么狂热地学英语，冰冰说，她一直想去一个文物部门做讲解员，最近听说那个部门在招英语讲解员，她一定要去试试。

没日没夜地练口语、见缝插针地背单词，冰冰并没有多么高级的学习方法，也没有超越常人的记忆力，也许就是碎片时间的积少成多和见缝插针的聚沙成塔，在学习英语这条路上，她怀着一颗赤子之心，日复一日，年复一年，从来没有被"人过三十不学艺"这个限定所限制，努力在她想奋斗的路上。

前些日子，冰冰终于如愿以偿圆了自己的梦，考进了她梦寐以求的单位，和她最喜欢的文物相伴，再一次活成了我们的标杆和榜样。

3

《超级演说家》中刘媛媛曾说过这样一句话：命运给你一个比别人低的起点，是想告诉你，让你的一生去奋斗出一个绝地反击的故事，这个故事关于独立，关于梦想，关于勇气，关于坚忍。

从来就没有成长太慢、开始太晚，有的只是我们放弃太快、设限太多。

摩西奶奶58岁时，只是一个普通村妇，零基础开始学习美术；78岁时，一位旅行收藏家把她的画介绍出来，让她迅速走红。80岁，摩西奶奶在纽约举办个展，被授予美国"女性全国新闻俱乐部奖"，并得到美国总统的接见。她101岁去世，总统肯尼迪致讣告词，称其为"深受美国人民爱戴的艺术家"。日本作家渡边淳一曾说他是在摩西奶奶的启蒙下，才成长为世界一流的文学大师。

你看，上天不会辜负每一个努力打破自设牢笼的人，如果你的付出还没有得到回报，那就再等等，再坚持一会儿，因为每一个执着努力的人都会被这世界温柔以待。

人 生 素 语

一生下来就没有四肢的尼克·胡哲游泳、潜水、踢球、玩滑板、周游世界演讲，用他的非凡经历告诉我们"人生不设限、生命更精彩"。因出生时缺氧导致行走不便、说话不流畅的崔万志，通过不懈努力成为阿里巴巴全球十大网商，他告诉我们"不要抱怨他人，永远依靠自己"。我们的人生，自己才是唯一的塑造者，最不应该做的是自己给自己设限。拆掉心里的墙，才会离梦想越来越近。不设限的人生，才能活得更漂亮！

最好的关系是懂你想要、给你所想

1

表妹跟男朋友吃饭回来，气冲冲地来我家"诉苦"："我这男朋友怎么回事？他怎么就不明白我想表达的是什么呢？"

我一下子来了兴致，一副愿闻其详的样子。

事情貌似很简单，表妹和男朋友吃完饭去河边散步，一阵风起，表妹说："好冷啊！"按照正常的逻辑，她的男朋友应该二话不说脱下外套，帮表妹披上，柔情爱怜地说："乖，有我在呢！"这不是偶像剧经常演的镜头吗？然而表妹的男朋友只是紧了紧自己的外套，认同地说："就是，挺冷的，幸好我穿了外套。"

我的笑点低，表妹还没说完，我就笑得不可控制。表妹白了我一眼："你说他是情商低，不懂我？还是根本就没那么喜欢我？"

我正在考虑怎么跟比我小 12 岁的表妹谈爱情观，表妹接着说："那天我发奖金了，开心地第一时间告诉他，说中午一起庆祝下，他都没啥反应，我反问'你不替我开心吗'？他说'哦，我开心'。可是我突然就没有了庆祝的心情。"

这种经历我也曾有过。

很多年以前，我也曾经谈过一个这样的男朋友，他也曾有过太多让我抓狂的时候。

我出差整整两周没见他，每一天我都在设想和他重逢的场景，满心的粉红泡泡，盼星星盼月亮等到回家那一天，还在高铁上时他说已经在接我的路上，临出站了，他说他同事去单位加班没带钥匙，他要调头回去给人家送钥匙，还小心翼翼地问我："你自己回来，不介意吧？"虽然在气头上，我还是装大度地说："那你忙吧，我不介意。"然后他竟然真的去给同事送钥匙了。

还有一次，我告诉他我很想他，准备去找他，我开车去的，本来计划中午一起吃饭，他却骑辆自行车来和我会合，我抗议："你怎么骑自行车来了？"他说："自行车环保啊！"我郁闷地说："那你把自行车锁到路边，上车，我们去吃饭。"人家犹豫："锁路边不安全吧，自行车丢了怎么办？"他这么一说，我不仅连吃饭的兴趣没有了，还捎带着连想他的兴趣也没有了。

诸如此类，有太多我以为答案是 A 的时候，他都选择了 B，关键的是他还没有意识到我希望他选 A 的愿望有多迫切。虽然很爱他，但最后我们还是分手了。因为一想到漫长的一生，我们会有太多这样的时刻，我就很灰心。也许有人会说，直接跟他说让他选 A 就行了，可是默契相知的美好有多愉悦，远不是单纯说说就能弥补的。

2

曾经热播的《欢乐颂》，很多人被小包总实力圈粉，他和安迪的爱情也被大家称道。

小包总懂得安迪，不管是她的苦衷，还是她的迫不得已，不用说他就明白。安迪三次拒接魏国强的电话，她不说，小包总也不问。这是亲密关系中最美妙的品质，也是最得体的处理方式。

安迪窝在房间里不想出门，他有能力说服并带她出去邂逅美好；安迪需要放松释放压力，他就拿出满腔的热情陪她一起找到最好的方式；安迪被误解为小三差点被车撞时，他给她最好的信任和不动声色的保护。

懂得她最想要的，给她所想要的，这才是小包总打败奇点俘获安迪芳心的原因之一。爱情关系中最好的状态莫过于此。

❸

所有关系中，懂得永远是最重要的，永远排在第一位，它是织就繁花的锦，有它做底，锦上添花才能成为现实。而给你所想，就是锦上繁花，有它点缀，幸福快乐就能奔跑而来。

我们就是在这样一次次的懂得里渐渐成长，渐渐进步，渐渐遇到更好的亲密关系。懂得是最好的慈悲，它如此平凡普通，却能改天换地；它如此老生常谈，却能常说常新。

人生素语

廖一梅说的："人这一辈子，遇到爱，遇到性，都不稀罕，稀罕的是遇到了解。"众生皆苦，每个人都承受着自己的艰辛。

而我懂你，纵使不能为你分担，也能在这苦里加点糖，尽我所能，让你好过一点儿。这才是良好亲密关系的根本。其实无论什么关系，夫妻也好，母子也好，同事也好，要想相处融洽、内心亲密、感情稳固，除了要欣赏对方的好，更应该懂得对方的苦、了解对方所要、给予对方所想。

第七辑

红尘情事，为爱我愿意对抗整个世界

跨越 *2000* 公里的爱情，倾心不倾城

1

姚小遥被沈阳拦在通往阅览室的小径上时，是 8 月的一个黄昏。

沈阳用演小品的口气说：姚小遥，我爱上你了。行不行，你给个痛快话，我这人性格就是直爽。

姚小遥突然想起赵本山和黄晓娟的小品《相亲》，于是模仿黄晓娟的口气说：老鹞儿啊，你等我，下辈子，下辈子……

沈阳皱着眉头说：哎哟我的妈，一竿子支到 3000 年去了……

姚小遥看着满口东北话的沈阳，笑不可仰。沈阳用有力的臂膀环住姚小遥，就这么安静着，远处有夕阳的残光，有着让人无限眷恋的美好。

8 月的黄昏，姚小遥以一个最意想不到的开场，开始了她第一次恋爱。

姚小遥一脸甜蜜地告诉闺密丫丫时，丫丫瞪大了眼睛：拜托了，你和沈阳搭档三年都没动心，干吗要在这最后一年谈什么恋爱啊？

姚小遥说：反正他那么幽默，跟他在一起会快乐的。

丫丫一脸无奈：毕业就分手了，没有结果的恋爱谈了干吗？

丫丫刚被拔掉了两颗牙，牙套在阳光下分外刺眼。姚小遥突然觉得害怕，问：丫丫，你不会吃了我吧？我怎么看你这么像野兽？

丫丫头也不抬地说：医生说了，一个月内不准我吃猪肉！

姚小遥突然就笑起来，很放松。有密友丫丫，现在再有个沈阳，这不就是锦上添花吗？大学校园会更加斑斓多彩的，不是吗？

2

沈阳和姚小遥搭档三年，学校的每一台晚会都是他俩做主持人。不同的是，姚小遥只是端庄的代名词，而沈阳亦庄亦谐。端庄时像所有大气的主持人一样，声音洪亮、笑容晴朗；搞怪时却像最幽默风趣的笑星一样，嗨翻全场。他会表演赵本山的每一个小品，会惟妙惟肖地模仿刘德华的歌声，他甚至会穿上裙子、戴上假发套，像模像样地模仿王心凌和蔡依林的舞蹈。

和沈阳确定恋爱关系后，姚小遥再看沈阳的舞蹈表演，觉得很幸福。想到漫长的岁月里，如果爱的激情消退，至少还有快乐，还有幸福，还有记忆。

和沈阳在一起，姚小遥真的如她想象中那般快乐，从来不会生气，即便生气也持续不了三分钟，因为沈阳会用各种夸张或者搞怪的表情逗她乐。

丫丫看着姚小遥，忧心忡忡地说：小遥，两个城市这么遥远的距离，你确定会有未来吗？

姚小遥大手一挥：想那么多干吗？快乐一天是一天！而且，我都决定要嫁到东北了！

丫丫把手伸向姚小遥的额头，大叫：大姐，你不是烧糊涂了吧？你可别忘了，你是洛阳人，适应不了东北的！

姚小遥斩钉截铁地说：能的，肯定能的！我要为了我的爱情，背井离乡，跋山涉水，此心苍天可鉴，岁月可表！

3

沈阳知道姚小遥的决心后，开始改口叫姚小遥"媳妇儿"。姚小遥曾经抗议过，但是沈阳一本正经地说：我们东北人，把女友称为媳妇儿，这可不是闹着玩的！你既然决定嫁到东北了，就要适应东北的风俗习惯，不是吗？

姚小遥便不再说话，何况沈阳每次翘着舌头喊他"媳妇儿"时，她心里会有柔情的波浪一阵阵漫过来，姚小遥爱上这种感觉，也爱上这个称呼。

毕业后，姚小遥真的跟着沈阳去了他的城市哈尔滨。父母去车站送他们时，母亲的泪水让姚小遥的心撕扯般地痛，但是为了爱情，她已经决定破釜沉舟，任谁也无法挽回。

和相爱的人在一起，一切都是崭新的，从来没有去过的城市哈尔滨，也是崭新的。她会在另一个城市收获此生最绚烂的时光，对此，姚小遥深信不疑。

沈阳的父母很喜欢姚小遥，说她五官精致，乖巧可爱，和东北女孩是完全不同的感觉。

沈阳听着他父母的话，注视着姚小遥，说：你可爱吗？姚小遥马上接口道：那是相当"地"可爱。然后一家人笑成一团，姚小遥喜欢这种和谐的家庭氛围，像回到自己家一样。

4

　　姚小遥度过了一段幸福快乐的时光，平面设计是她的专业，工作也能应付，沈阳的工作也在日趋稳定。闲暇的时候，沈阳带她走遍了哈尔滨的每一个角落，尝遍了每一种特色小吃，想到自己正在一点点地融入沈阳的城市，姚小遥是开心的。半年的时间里，姚小遥几乎忘记了自己是个洛阳人，哈尔滨的一切都让她充满新鲜感。

　　1月份，沈阳带姚小遥去看冰灯。洛阳城也下雪，但是，冰并不多，所以姚小遥几乎是狂喜的。哈尔滨的冰雪节是全国闻名的，那些雕刻的形态逼真的冰雕和冰灯，让姚小遥简直不知道怎么表达自己的喜悦。她在冰灯前照了无数张照片，在冰雕前无数次脱了厚厚的手套去触摸那些灯，在沈阳耳边无数次地说，我爱这个城市，我爱你生活的这个地方。

　　偶尔，姚小遥也会下厨为沈阳一家人做浆面条，这是姚小遥最喜欢吃的东西，她做得很熟练也很用心，所以总是能够换来交口称赞。

　　4月，姚小遥和沈阳争取到了一次休假的机会，于是坐了30多个小时的火车，穿越2000多公里回到洛阳。

　　4月的洛阳是最美丽的月份，姚小遥带沈阳去看牡丹，给他讲解牡丹的传说,给他讲解牡丹的品种,说得兴高采烈、神采飞扬。

姚小遥突然想起,这是自己生活了 24 年的城市,怎么就为了爱情,把她冷落了这么久?她已经整整 9 个月没有回洛阳了,疏离了洛阳城,也疏离了父母。

姚小遥突然有漫溢的伤感,在牡丹花前失神良久。

❺

假期结束,姚小遥和沈阳又跨越 2000 多公里,赶回哈尔滨。从火车进站的那一刻起,姚小遥开始觉得伤感:我怎么要跨越 2000 多公里,来到这个城市?这里没有牡丹花,没有十二朝古都的底蕴,没有浆面条……

沈阳说:媳妇儿,你在妖魔化哈尔滨,小心你被正义的哈尔滨人击毙在车站。

姚小遥看着面前沈阳英俊的脸,似笑非笑的眼睛,突然想:他会不会愿意跟随我去洛阳工作呢?但是,姚小遥却不敢说出口。

姚小遥开始无法控制地想念洛阳,想念开得雍容华贵的牡丹,想念洛阳的特色小吃,想念家乡的味道,想念父母慈爱的脸庞,想念洛阳的人文气息。姚小遥突然就不快乐了,有些偏执地不快乐。

姚小遥想家的时候,偏执地做洛阳菜,偏执地做浆面条。沈阳开始抗议:浆面条有啥吃头?酸不叽叽的,你偶尔做一次就好了,难道让我天天吃啊?

姚小遥突然有些气急:凭什么我就得天天吃东北菜?猪肉炖

粉条黏糊糊的，拉皮吃得我涕泪横流，我凭什么就得忍着？我吃一顿浆面条怎么了，我最爱吃的东西，到这儿不让吃了啊？

说完这些话，姚小遥落下泪来。从来没有想到和沈阳在一起会伤心，更没想到伤心的原因居然是吃饭这么简单的一件事。

6

记得离开洛阳时，父亲曾经对姚小遥说，改变一个人的饮食习惯是不可能的，吃不到一起就过不到一起。你要想好了。

也想起丫丫忧心忡忡的表情，想起丫丫的那句话，你是洛阳人，适应不了东北的！

可是，和沈阳跨越几千公里的爱情，真的就被吃饭这简单的事给打击得体无完肤吗？怎么也是不甘心的，姚小遥开始劝解自己，吃饭嘛，毕竟只是生活中一个微小的细节，关键是她爱沈阳，这才是最主要的。

母亲生病打电话告诉姚小遥的时候，姚小遥很紧张。作为独生女，她担心父亲一个大男人想不了那么细，她跟沈阳撒娇：陪我回去吧，我也好长时间没回洛阳了。

沈阳有些不屑一顾：我就闹不明白，干吗你非得回去啊？请个保姆不行吗，洛阳有什么好回的？这么大老远的，不值得！

沈阳终究陪着姚小遥去了洛阳，但他却在进站的那一刻起，开始唠叨对洛阳的不满：这还是你心心念念惦记的地儿啊，没一点特色，还这么乱，脏兮兮的，一点儿也不好玩……

姚小遥也像当初沈阳哄自己一样哄他：等你真的在这个城市

生活了，你就会知道它的好。

沈阳依旧是不屑一顾的样子，这让姚小遥莫名地有些生气，就像自己中意的东西被人批判得体无完肤一样，有不舍的心疼。

更生气的是在医院，沈阳并没有像姚小遥尊敬他的父母一样，尊敬姚小遥的父母，他有一种陌生人的疏离。

姚小遥突然感到委屈，自己为了沈阳，背井离乡，在哈尔滨生活，吃根本不习惯吃的菜，可是，沈阳为什么就不能迁就一下她，包容她的喜好呢？

在哈尔滨生活了这么久，姚小遥一直在适应哈尔滨的一切，适应沈阳的生活习惯，适应离开洛阳的孤单，可是沈阳为什么就不能热爱她的城市？为什么就不能真心地体会她的感觉？为什么就不能珍惜她对他的付出？为什么就不能在很久才有一次的亲近洛阳中，表现满意？为什么就不能疼爱生养了她的父母？

7

距离会让人变得崩溃，想到两个城市之间2000多公里的距离，翻着手里的那张火车票，它脆弱地响起来，就像姚小遥和沈阳的青春在萧瑟作响，无辜而勇敢；也像他们的爱情在萧瑟作响，倾心不倾城。

姚小遥突然就觉得累了，难过汹涌而至。沈阳喜欢并迷恋着他的城市哈尔滨，她就只能陪着他踩在他热爱的土地上，说着他们的语言，而家乡洛阳，只能在2000多公里之外被想念。

姚小遥心里有满腹的委屈却只能在母亲的病房外，泪飞如雨。

原来，两个城市之间的爱情，真的找不到灵魂；

原来，饮食男女最俗气也最逃不过的真的是饮食，那些小的细节会被生活放大到无限大；

原来，天使在人间飞翔了30多个小时，也会感到疲倦，也会感到累；

原来，这场爱情，真的，倾心但却不能倾城。

人生素语

爱情讲究门当户对，婚姻讲究势均力敌。门当户对未必是财富，势均力敌未必是家世，但相爱的饮食男女永远躲不过的是情意满满的人间烟火和温情四溢的家庭厨房，食材千变万化、千搭万配、变化无穷，然而食材再变化也只是它的壳，内核还是铁打的江山——那就是蕴藏的生活习惯和爱情态度。"吃不到一起就过不到一起"是个颠扑不破的真理。

世间所有的心伤，不过是爱错了对象

1

"孤独用英文怎么说？"阮烟罗问。

"I love you!"莫宁南不容置疑地回答。

莫宁南在身边的时候，阮烟罗通常感觉不到孤独，莫宁南不在身边的时候，阮烟罗抵抗孤独的法宝就是走到阳台上看花。

烟罗的阳台是一片花海，高高的架子上，是各种各样的吊兰、长春花、天竺葵、绿萝；靠近窗户的护栏上摆着矢车菊、米兰；阳台的两端分别摆着滴水观音和富贵竹，还有各种各样的小花，比如丽格海棠、木芙蓉、三色堇；而她的房间里放着两株蝴蝶兰，一株是白色的，那是莫宁南唯一喜欢的，另一株是红色的，那是阮烟罗的幸运花。

烟罗赤着脚走在阳台上，伸手触摸那些美丽的花瓣或者嫩绿的枝叶，就像捧着宁南的脸。那个时候她是快乐的，如贪恋阳光的花，她贪恋着宁南给她的温暖。

烟罗是安宁的女子，化极精致却又极淡然的妆，着素雅的连衣裙，目光清冽而又温柔，笑容明朗而又美好。和凡俗的小妻子一样，从超市买各种新鲜的蔬菜和水果回家，和小区的居民微笑着打招呼，过着烟火的日子，享受着和常人无异的生活。

所以，很少有人知道，烟罗的心里有狂热燃烧的爱情的火焰；极少有人知道，烟罗嘴里的老公其实不是她自己的；更少有人知道，她是莫宁南地下的情人。

❷

阮烟罗从 22 岁爱上莫宁南，到今天已经四年零七十九天。是的，她记得和莫宁南在一起的天数，记得和莫宁南在一起的每一刻，记得莫宁南每个周末要回他的家，记得莫宁南爱吃的每一样东西，记得莫宁南或欢喜或深沉的每一个动作和表情。

从爱上莫宁南的那一刻开始，烟罗就告诉自己，永远不要给莫宁南带来任何麻烦。所以，她心甘情愿地站在背后，看莫宁南挽着雍容华贵的妻，优雅地在社交场合微笑，得体地演绎着一个幸福家庭所拥有的温馨，淋漓尽致地诠释着一个成功男人对妻子不离不弃的情谊。

烟罗从来不嫉妒，她对宁南最深切的爱是暗夜里盛开的花。宁南不在身边的夜晚，她便静默；宁南在身边的时候，她便诗意地绽放。在一起时的真实的快乐和宁南在耳边温暖流转的情话，是烟罗最好的配饰，照亮她美好的容颜。

所以，烟罗觉得自己是幸福的，因为有那么多美好的记忆，因为有和宁南在一起时的惺惺相惜，因为有和宁南共同走过四年零七十九天的美好片段。

烟罗是个重视细节的人，她总觉得闪光的片段，连起来就是长长的人生。因此，相比宁南的妻，她甚至更富有，因为她有宁南满满的爱，她有宁南最贴心的信任，她有宁南最契合的水乳交融。

3

宁南慌慌张张地带着个行李箱走进来时，烟罗正在阳台上看书，回头看到宁南惊慌的表情，她有一瞬间的错愕，从来没见过宁南有过如此惊慌失措的时刻。

烟罗一时间不知道发生了什么事，宁南收拾着烟罗的衣物，头也不抬地说：烟罗，快收拾东西，我带你离开这里，我想她很快就会找到你了。

烟罗明白了，宁南嘴里的"她"是他聪慧精明的妻，而宁南为了逃避她的追查，要带着自己离开这里。

烟罗木然地看着惊慌失措的宁南，摸摸身旁的花，问，我的花该怎么办呢？宁南走过来抱住烟罗，说，亲爱的，我们可以重新开始养花，很快你的阳台就像这个一样了。

等到烟罗在另一个"家"安定下来，看看空落落的阳台，想起自己精心打理，却不得不舍弃的花海，心里是涩涩的痛。

慌乱中搬家的时候，带过来几盆吊兰，可是，本来青翠嫩绿的枝叶，现在看起来无精打采；本来已经垂下来的绿色的藤蔓，现在可怜巴巴地举着被折断的受伤的手臂，让烟罗心疼。

让烟罗更心疼的是自己和宁南最喜欢的蝴蝶兰。搬家时因为蝴蝶兰长长的花茎上已经有三朵花完全盛开，前面还有一串花苞，她害怕碰伤它，所以不曾搬来。可是现在，烟罗却开始惦记那两株蝴蝶兰。

宁南终于是拗不过烟罗，陪着她到原来住的地方取蝴蝶兰。

他猜得没错，他的妻真的找到了这里，没能带走的花盆，全部被打碎了，盆里烟罗精心配制的营养土，撒落一地。而那两株蝴蝶兰更是惨不忍睹，花茎躺在地上，已经从花株上剥离，长长的一串花苞，被踩碎了，那完全盛开的三朵花，也已经面目全非，如蝴蝶似的花瓣再也看不到盈盈动人的美丽了，它们难过地躺在地上，垂着头向烟罗诉说这里曾经发生过多么惨烈的战争。

④

烟罗是一路哭着离开的，她投入了极大精力，精心布置的花海，现在一片狼藉，所有惨遭毒手的花，面目全非的样子，刺痛着烟罗的心。

一直到现在住的"家"，烟罗还是没有止住眼泪。而宁南在烟罗的痛哭声中极其烦躁地吼：哭、哭、哭，这也值得你哭个没完没了？不就是一堆破花烂草吗？有什么了不起的？

宁南从来没有这样说过话，他是软语温存的，他是温柔贴心的，所以，烟罗有些不认识似的，直直地看着宁南。可是宁南根本没有看她的眼睛，他一直喃喃地说：那里她都能找到，以后我们要小心才是。

第一次，烟罗觉得宁南那么无助，他像个闯了天大祸事的孩子，在即将面对的长辈诘问面前手足无措。

⑤

烟罗和宁南没有安顿多久，就又一次搬家了，这一次，烟罗没有带走任何一株花，在她心里，有很多很多的花一夕凋零，再也无法复原。

想起一句话，"薄命怜卿甘做妾"，烟罗宁愿做宁南背后的女人，不向他索要婚姻，然而，这个"妾"却不可能做得天长地久。在正妻面前，她是渺小的，而她的爱情更是卑微的。本就见不得阳光，她甚至没有权利去要求宁南为她做主。

第三次搬家之后，阮烟罗和莫宁南开始频繁地争吵。烟罗怨恨宁南不能安顿她的爱情，甚至于她青春正好的花花草草都要在枝繁叶茂时痛失生命。而宁南埋怨烟罗不知道体谅他游走在两极时的小心翼翼、如履薄冰。

没有谁想要不快乐，没有谁想要伤心，可是阮烟罗和莫宁南都在那样的争吵中伤心欲绝，烟罗大吼着："我爱你，但我不能不要脸啊！我们能躲多久？"宁南也大吼："只要有爱就行了，你想那么多累不累啊？"他们都觉得自己是最委屈的那个人。

⑥

烟罗的心渐渐凉了，比平日更频繁地去逛花卉市场。常去的那家叫作"一见倾心"的花店里，面目清秀、眼神温柔的老板顾航正在向顾客介绍蝴蝶兰。他说，人怕伤心，树怕伤根，蝴蝶兰是最怕伤到根部的一种花卉，要给它最贴心的呵护，它才能把花开得更艳丽。

烟罗的泪，突然就不可遏制。

宁南，我们的爱情也是伤到根了吧，本就是需要阳光、需要呵护的植物，根伤痛欲绝的时候，它是开不出芬芳的花朵的。

所有的花都需要阳光，就像所有的爱情都经不起永远的等待，即使是喜阴的植物，也并不是从来都不需要阳光。而我的爱情，它有太久不曾见到阳光，是到了该晾晒的时候了。

❼

阮烟罗和顾航因为花草慢慢熟识起来，也因为都热爱花草，对彼此有一种天然的纯粹的好感。

这个给每一株花都起了诗意的名字，给每一株花贴心照顾的男人，这个被花草陶冶对园艺痴迷的男人，对烟罗这样宁静美好的女子，该不会粗心大意吧？

更重要的是，阮烟罗终于可以正大光明地在大街上牵着她爱的男人的手，她不必远远地跟在身后，不必东躲西藏，不必让她的花颠沛流离，而她更不必在花伤根之后，人伤心。

是的，和顾航在一起之后，阮烟罗才渐渐明白，爱情想要开成一朵绚烂的花，其实并不需要多么苛刻的条件，但它一定要有扎实的根基、充足的养料和满满的耐心，因为只有根基牢固，才能枝繁叶茂，才能繁花似锦。

尘世间再好的花，没有安稳生长的环境，也不可能抽枝吐叶，展开笑颜。正如尘世间再美好的爱情，如果得不到阳光的照耀，也只能渐渐凋零，慢慢衰败。

好在，阮烟罗终于明白隐藏在花里的爱情，她的爱情像需要得到阳光照耀的花朵，只有阳光能让它恣意绽放，而顾航是她生命中迟来的阳光，贴心地、温柔地呵护着这朵爱情之花，繁花盛开的那一刻应该不远了吧？

人生素语

　　什么是最好的感情？我猜一定是"没有恐惧的爱情"：没有失去的恐惧、没有讨好的恐惧、没有怀疑爱的恐惧、没有见不到的恐惧、没有隐瞒的恐惧、没有对未来的恐惧、没有外在干扰的恐惧、没有压抑妥协的恐惧、没有冒天下之大不韪的恐惧。只有没有恐惧，才能全然接受给予；只有没有恐惧，才能真心真意付出。花在安稳的生长环境里绽放，爱在安全的彼此空间中累积。他可以是他，你依然是你，你们都是纯粹安心的自己。

爱他，请别靠近他

1

爱上景一丰时，顾晓航是最沉默的女孩，顾晓航的沉默源于她的极度自卑。是的，她不是个漂亮的女孩，不高，还有点儿胖，典型的丑小鸭。

而景一丰，高大帅气、叱咤风云，是公认的大众情人。不仅篮球打得好，而且还写得一手好文章，还是学校广播站的站长，是女生们无可抗拒的白马王子。

很多个黄昏，顾晓航托着头坐在看台上看景一丰打球，或坐在操场上，听景一丰的播音，抑或站在校园报刊栏前，读景一丰的文字。那时候的顾晓航满心的欢喜，却无人可懂。景一丰的一切都深深地吸引着她。

顾晓航人为地制造些"偶遇"，刻意地创造些"巧合"，在景一丰去餐厅打饭的时候，她"刚好"推开他要拉的那扇门；在景一丰要去洗衣房的时候，她"刚好"抱着床单和被罩跟在他身后；在景一丰想要去广播站的时候，她"刚好"需要去交稿子……

然而，景一丰终不曾注意到她，矮胖且长相一般的顾晓航，相比振臂一呼，应者云集的景一丰，是两种完全不同的人生，顾晓航实在是太不起眼了。

然而，顾晓航却愿意守望着这段不可能成功的爱情，坚定地、执着地、固执地守望着，从不舍得放弃。

这段笨笨的、苦涩的时光，却有个最流光溢彩的名字，叫作青春。景一丰就是顾晓航的青春，他承载着她青春时期最多变的心情，最多变的感觉，最多变的浪漫情怀。

2

景一丰毕业走的那天，顾晓航躲在寝室里哭泣。一直喃喃地念叨"风景、风景"，泪落如雨。

"风景"，是顾晓航称呼景一丰的专用词汇，他就是她的风景，不可忘记的，想要走入其中的风景。

但是，顾晓航，她这么胆怯且又多情，从来不曾也不敢去主动追求爱情，哪怕这份爱情是她守护多年的。

顾晓航，革命般，拼了命地减肥，在景一丰走后，真刀实枪地想要变得漂亮。

所有的关于美体的课程她都去上，所有的关于美姿的时尚读物她都去看，那些密密麻麻的笔记，是顾晓航闲暇时经常温习的东西。

每次，顾晓航从一摞摞笔记中抬起头来，总会出神地望着窗外，想起那个她永远不会忘记的名字，心里是涩涩的痛。"风景，我什么时候才能成为景一丰的风景呢？"

女人想要变得漂亮，其实也不是件非常困难的事，几乎是脱胎换骨般，顾晓航减肥成功，而且学会了服装搭配，学会了化极其清淡的精致妆容，学会了如何利用穿衣打造视觉上的高挑形象。

回老家，亲戚朋友夸赞甚至艳羡的目光，左邻右舍"女大十八变"的惊叹，让顾晓航微微有些开心，又微微有些烦恼。

开心是因为，这些年真刀实枪地拼杀还是有效果的，虽然还不能成为白天鹅，但至少她不再是只丑小鸭。

烦恼是因为，在顾晓航最平淡无奇的时候，她遇到了景一丰，可在自己逐渐变得漂亮的时候，景一丰却仅仅只是心底深处的名字，不再是眼前的风景。

❸

因为心里有景一丰，任何人都不能走进顾晓航的心。顾晓航马不停蹄地相亲，也马不停蹄地错过，却从来不曾有伤心。

顾晓航的母亲协同三姑六婆，恨不能把全天下的优秀男人全部集中至麾下，并把给顾晓航找个优秀的老公作为下半辈子的最大心愿。

顾晓航无动于衷，有"风景"，又有谁可以入得了她的眼？在心里，还是有期许的，尽管那期望显得遥不可及。这些年来，她拼尽了力气想要变得更漂亮，如果没有让景一丰看到现在的自己，她会觉得遗憾。所以，她还是希望有朝一日可以见到景一丰。

顾晓航的愿望很快就成真了。那是在一家公司的面试办公室里。顾晓航去应聘办公室主任助理，赫然看到景一丰。他并没有多少变化，还和从前一样帅，只是整个人大了一号，桌子上摆着人事部经理的牌子。

顾晓航的心里风起云涌，多年来的思念和期许，全部在这一刻重回到眼前。她的眼前五彩缤纷，意识到自己像片羽毛轻轻地飞上云端，心里有满满的温柔和感慨。那份失而复得的欣喜和悸动，让顾晓航面若桃花。

然而，景一丰根本就没有认出她，一副公事公办的样子。顾晓航打起全部精神，压制住心底丛生的思绪，压制住如小鹿乱撞的心，对景一丰的问题对答如流，怎么说，顾晓航也是因为笔试第一名才进入面试的。

景一丰对顾晓航的表现很满意，当场就决定要顾晓航留下了。顾晓航的心里满溢着最纯粹的快乐，不仅因为面试过关，更因为她青春时期的梦想真的近在眼前，她终于见到了景一丰，在她最美好的时候。她多年来的相思终于可以稍有缓解。

4

几年过去，景一丰这么优秀的男人肯定早已经成家，虽然不愿意接受，但顾晓航却劝慰自己：也许那样她就可以安心地为自己的暗恋青春画上句点，也就可以从此不再为他优柔地一线相牵，也就可以从此接受真正应该去爱的人。

但向同事探听的结果，却让顾晓航失望了。同事们说，景一丰有好多个女朋友，却没有固定的女朋友，不知道哪一个才是他打算步入婚姻的人。

顾晓航的心，一下子就灰了，这么多年来的相思，原本以为会有个宣泄的出口，却原来，他也是大家眼里的花花公子。

那次公司酒会，景一丰邀请顾晓航跳舞，还是那么有绅士风度，还是那么深情款款，顾晓航想要拒绝，却终不能理智。

舞池里，优美的旋律中，景一丰靠近顾晓航的耳边，明里暗里暧昧丛生：小顾啊，想不想在这儿做得长久一点儿呀？

顾晓航少女时曾经设想过多少次，景一丰会软语温存地对自己说话，可是真到了这时候，却无端地慌乱起来。

顾晓航妩媚地笑：你真的不认识我了吗？我是你大学时的校友……

景一丰掐断她的话头，说：现在的女孩子可是越来越会和人套近乎了，还校友呢，我根本就没有上过大学！

顾晓航想要说得更明白一点儿，但景一丰铜墙铁壁，根本不承认他上过大学，更不可能承认他曾经认识顾晓航。

他的眼睛里只是成年男人面对漂亮女孩时猥亵的目光，不复再有学生时的单纯。

顾晓航的胸口紧紧地遗憾着，时间真的是最无情的东西吗？为什么景一丰的变化如此之大？甚至让她有点儿不敢相信这就是这些年让她心心念念牵挂着的那个人。

⑤

顾晓航再一次对景一丰失望，是在那次公司的例会上。只因为保洁员放垃圾桶时出了一点儿响声，景一丰就歇斯底里地大呼小叫，像呵斥一只狗。顾晓航忍不住想要替保洁员说话，身边的同事拉住她："别管了，他就是这样的人！"

顾晓航不敢相信，这就是景一丰。

是从什么时候开始，景一丰就成了"这样的人"了呢？眼前这个高人一等的、看不起保洁员的景一丰，真的是她的"风景"吗？这个明里暗里和女同事暧昧丛生的景一丰，真的还是大学时代，纯净清澈的"风景"吗？这个同时和数个女性保持暧昧关系的景一丰，还是那个让她爱了这么多年的"风景"吗？他还是写得一手好文章的"风景"吗？他还是那么灵动、那么笑容满满的"风景"吗？为什么一切都变了呢？

越靠近他，越觉得失望，顾晓航渐渐地失了爱他的心。顾晓航用了整个的青春时期和清澈岁月暗恋过的男子，近看却是如此不堪。

他曾经占据过她的心那么多年，却没有想到一靠近，一切就都变了样。以前的种种，这么多年来的牵挂，缓缓地落定尘埃。

⑥

爱他，请别靠近他。

因为，只有这样，才能在心里珍存一点儿美好的回忆。

爱他，请别靠近他。

因为，只有这样，才不会像顾晓航这样痛到伤筋动骨。

真的，爱他，请千万别靠近他。

人生素语

想象中爱上的那个爱人，常常自带滤镜功能，有完美的家世，有满意的工作，有高且挺拔的鼻子，有独一无二的品质……我们爱着的是他展现在公众面前的样子：自信、优雅、时髦、幽默、体贴、善解人意。接近之后才发现，自带柔光镜的我们把平凡普通的那个人神化了、美化了，幻境被我们亲手破除掉，于是我们学会甄别、学会分辨，也学会做决定。因为，有些缺点可以成为包容的小瑕疵，有些缺点却只能作为远离的大阵仗。

谁是谁的天荒地老？

①

从 20 岁到 24 岁，我和恩凯的爱情像小城每年都会吸引众多游客前来观赏的牡丹一样怒放，盛开在我们心里，也盛开在路上。上班的早晨和下班的黄昏，我都坐在恩凯的自行车后座上，环着他的腰，倚在他的后背上，心像一片涨潮的幸福的海。

那片叫作花园的高档社区，我们每天路过两次，每次都会不约而同地向里面张望。它是我和恩凯的梦想，里面有种类繁多的健身器材，有各种各样的花草树木，也有硕大的网球场，也有美丽的花园，更重要的是我能看到花园大大的名字"月牙湖畔"。这四个字给我的感觉，就是有月，有水，让我想起朱自清先生的散文《荷塘月色》："月光如流水一般，静静地泻在这一片叶子和花上。薄薄的青雾浮起在荷塘里，叶子和花仿佛在牛乳中洗过一样，又像笼着轻纱的梦。"每当我说起这样的话，恩凯总会笑我傻，小区里面有没有湖我们谁也不敢肯定，可我愿意这样设想，这设想让我快乐。

比如坐在大大的落地玻璃窗前，我和恩凯一边看着美丽风景，一边泡一杯香茗，把夕阳熬成黄昏；比如在花园里漫步，自己成为最美丽的点缀；比如在湖边捧着笔记本，记录一闪而过的如珠妙语……这样的场景，安定而又美好。

可是，我和恩凯都知道，即便是贷款买房，单是首付的钱，我们就需要攒上好几年。偶尔我们也会省一顿青菜去买一注福利彩票，设想彩票中奖的那一天，我们会拥有梦寐以求的属于自己的房子。只是，好运气从来都不肯照顾我们。然而，因为有恩凯，我依然觉得幸福那么暖。

②

那天清闲，我坐在花市里看书。是本老书了，毕飞宇的《玉米》，玉米、玉秧、玉秀的命运深深地吸引着我，看到玉米出嫁时，我忍不住落了泪，找不到纸巾，只好伸手去擦。突然面前伸过一只手，拿着一张纸巾。

我猛地抬头，一张微笑着的帅气的脸。那张脸俊朗得让我微微有些吃惊，缓过神来，我不好意思地笑：先生，您要些什么花？

他也冲我笑：我不要花，只是欣赏一下这年头很少能看到的风景。

我转身，看着身后的蝴蝶兰和大花蕙兰，笑：其实这花很常见的。

他也笑，如欣赏一件文物。

后来，于洋告诉我，我捧着书低头垂泪的那一刻，他的心就忍不住战栗了一下。那个时候，他就告诉自己，他一定要让这个看书也会落泪的花房里的姑娘一生幸福。他说，那是他幸福爱情生活的开端。

我曾经嘲笑过于洋的这种老套的爱情宣言，但是他说，在他经历了许许多多事情之后，能让自己战栗的时刻已经很是稀少了。而这浮躁的年头，能沉下心看书的人已经很少，何况还会看到落泪。他说我这个花房里香气如兰的小姑娘，偷走了他的心。

于洋的攻势很特别，每天一本精装书，扉页上标着序号，他说等到序号成为999时，我们就结婚。我把脸沉在墨香阵阵的书里，深深沉醉。能和书结缘的浪漫该是最特别的吧？而聪明如于洋，他知道我的软肋，他更知道如何保护我的骄傲和自尊。

我已经很久没有想起恩凯，不管是在白天还是在夜晚。于洋每天一本的精装书，让我忘了和恩凯在旧书摊上淘书时的心酸；于洋装修富丽堂皇的别墅，让我忘了和恩凯正亲热时敲门来收房租的房东怒气冲冲的脸；于洋的软语温存，让我忘记了和恩凯依偎缠绵时曾经爬上我手臂的那只蟑螂。

③

那个女人喊我的名字时，我正看着编号为565的那本《血玲珑》，抬头，和看到于洋那天不同的是，我的眼前是一张悲怆的脸。

女人衣着艳丽却难掩疲惫之态，妆容精致却无法遮盖脸上的哀伤。她说，苏苏，我能和你谈谈吗？

等到我和她在西餐厅坐下来时，对面的女人睫毛颤抖得厉害，她低声抽泣着，肩膀颤动，面前的纸巾堆成堆。

她的痛苦和难过被面前的小山包形式感极强地表现了出来，在她断断续续的讲述中，我终于明白为什么于洋对他的过去讳莫如深，为什么于洋从来不让我去他的公司，为什么于洋偶尔会在夜晚，心神不宁。

她抽泣着说，苏苏，你还年轻，可我已经等不起了，一个女人最美好的时期都要过去了，我不能不着急，要不然我也不至于无路可退……

如果我认识于洋的这565天是很美好的日子的话，那么对面的周谣，从22岁到30岁的这些日子该折合成多少个565天呢？

如果没有周谣的父亲，于洋的事业不会做得这么成功；如果没有周谣，于洋不会平稳度过最彷徨失意的那段日子；如果没有周谣，于洋也不会有勇气越挫越勇，终于站稳脚跟。我忍不住酸酸地想，如果没有周谣，于洋大概也不会这么体贴温存吧？

我的犹豫没有躲过于洋的眼睛，他表情平静地问：是不是周谣找过你了？

我直视着于洋曾经让我深深沉溺的眼睛，里面还有多少秘密是我不知道的呢？还有多少过往是我不敢触碰的呢？还有多少曾经是我不曾参与的呢？

我的质问并没有让于洋不安，他淡淡地说，苏苏，你不懂得男人。男人是可以把事业和爱情分开的，我仍然和周谣在一起，只是那从来都不是爱。我爱的人只有一个，那就是你。

那一刻，我的心里满满的全是悲凉，曾经和于洋患难与共的周谣都会让他说出从来都不是爱情这样的话，我算什么呢？不曾参与他的过去，也无力参与他的未来，那么这样薄凉的爱情我留着有什么用呢？我有什么权利让周谣悲恸欲绝？我有什么能力和于洋的过去抗衡？

4

从于洋的富丽堂皇的家里搬出来，我的心一片荒芜。坐在街心花园的长椅上，我竟然看到了已经分开565天的恩凯。

依旧是载了我四年的那辆自行车，依旧是幸福快乐的表情，不同的是车后座上的女人腹部已经微微隆起，满心满眼全是知足和欢欣。

要上坡了，女人想要下车，我看到恩凯和她轻声地说了些什么，女人不再坚持，她听任恩凯推着她，那一刻，她的表情幸福得和曾经的我如出一辙。

是的，我曾经是恩凯的公主。冬天他一定会让我从背后钻进他的外套，用他的体温保护着我不受冷风的侵袭；夏天他一定会要求我打遮阳伞，用他的体贴给我筑起一道爱情的堤坝；手牵手在菜市场买到的所有我爱吃的东西，挂在车上，一路呼啸着回家；即使我因为于洋执意要分手，他也没有怪我。他说不能让你过上富足的生活，我已经很内疚了。如果你有更好的选择，我不会怪你，如果你能过得更幸福，我不会不让你走……

坐在街心的公园里，看着恩凯的背影，回忆排山倒海而来。那一刻，我是真的受伤了……

5

曾经和恩凯设想过遥远的将来，觉得我们纯真的爱情可以走到天荒地老的那一天，也曾经和于洋计划着近在眼前的未来，以为我们正在把握的就是永远。可是，谁又是谁的天荒地老呢？

如果，一个人的天荒地老能掩盖所有的记忆；如果，一个人的天荒地老不痛苦；如果，一个人的天荒地老能走得长久，那么，我愿意就这样一个人，直到天荒地老。

人·生·素·语

　　他们曾经携手站在爱情的道路上，只是他爱她的时候，她不懂得珍惜眼前人，一意孤行地以为有更好的选择和更好的未来，一厢情愿地以为爱情永远停留在最初的地方等着自己去捡。殊不知在时间的长河里，我们曾以为总会重逢，曾以为总会有缘再会，曾以为会有机会说一声对不起，却从没想过爱情真的不会在原地等，一不小心就会被时光带走，丝毫不留痕迹。每一次挥手道别，都可能是诀别。

既然爱，请深爱

一直到现在，罗天朗还对和穆浅浅第一次见面的场景记忆犹新。

那时，罗天朗刚刚找到工作，在快餐店庆祝自己的胜利。目光扫视一周后，看到一个娇美的女孩，安静地坐在角落里，翻看一本杂志。

女孩脸上圣洁的光辉，一下子就吸引了罗天朗的注意。几乎是迫不及待地，罗天朗展现着他招牌式的笑容，向女孩走去。

"美女，能和你一块儿坐吗？"

女孩抬起头来，微笑。罗天朗确定自己在那一刻就陷进她的目光里了。

罗天朗笑容灿烂地介绍自己："罗天朗，在国家情报局工作，情报局，你知道吧，就是特工。很酷吧，我也觉得我这工作挺酷的。"

女孩安静地笑，回应罗天朗："穆浅浅，在打工。不知道情报局，更没见过特工。"

从快餐店出来，罗天朗拍拍自己的摩托车，微笑着说："你在哪儿上班？我送你一程。"

穆浅浅依旧矜持地笑："不用了，谢谢你。"

穆浅浅径直走到泊车位，从手提袋里拿出钥匙，打开那辆红色凌志，用一种最优雅的方式，坐进去。然后向着车窗外的罗天朗微笑："再见，特工先生。"

罗天朗在那一瞬间，有点儿羞愧。自己从来就没有看走眼过，怎么就没有看出来穆浅浅不是一般的打工妹呢？

罗天朗去网络公司报到的那一天，人事部的接待小姐领她去见顶头上司。

罗天朗西装革履，本打算收性，做个标准的不苟言笑的上班族。却没想到一进门，就和老板桌后面的女孩同时一愣，然后控制不住地笑起来。

穆浅浅开始还在部下面前竭力控制，等到把人事部的接待小姐打发出去，就伏在桌子上笑得花枝乱颤。然后，伸出手去，对罗天朗说："你好，很高兴再次见到你，特工先生，欢迎你到我的情报局上班。"

罗天朗几乎想要抽自己的嘴巴，从来还没有过这样尴尬的时候，他贫嘴、编谎话，都能把女孩哄得很开心，却没想到在穆浅浅面前，他竟然两次出糗。

❷

也许正因为这样的尴尬，罗天朗和穆浅浅反而更快地熟悉起来。

罗天朗知道了关于穆浅浅的更多的东西，知道她在这个城市最繁华的地段有一套雅致的三居室；知道她在这家分公司，是最美丽的女人；知道她对同事温柔可亲，是所有人都敬服的人。

罗天朗从来不知道一个娇美的女孩，竟然可以把公司治理得井井有条；从来不知道一个职场上的女强人，竟然还有那么可爱的神色；从来不知道一个如此年轻的女孩，竟然可以这么聪慧。

漂亮、聪慧、可爱、能干，这些美丽的词汇，竟然都可以在穆浅浅身上和谐的统一，这让罗天朗对穆浅浅佩服得五体投地。

穆浅浅是个热情的人，业绩好的时候，心情通常会很好，总会邀请公司里的同事到家里去开派对。那时候的穆浅浅化身成一个勤劳能干的主妇，系着围裙，在厨房里煎炸烹炒，把幸福的味道渐渐加浓，把家的氛围渐渐加浓。

同事们笑说，这才叫家，这才有家的味道，这才叫活色生香的生活。

穆浅浅灿烂地笑，抬头问罗天朗："特工先生，你呢？喜欢我这里吗？"

罗天朗微笑，怎么会不喜欢呢？这是罗天朗在心里梦想过的生活。穆浅浅上得厅堂、下得厨房，而且聪慧贤淑，符合最完美的妻子的标准。

罗天朗心里暗涌的波浪，让他不自在起来。一帮男同事喧声四起："天朗，娶妻当娶穆浅浅，是吗？"

罗天朗从那时候爱上穆浅浅，收了所有的过往，专心做一个好男人。他不再泡吧，不再和漂亮女孩搭讪，不再和狐朋狗友一起喝酒。他所有的爱好，全围着穆浅浅转。

上班时，给穆浅浅带她喜欢的煎饼馃子；下班时，看着菜谱学做美容靓汤；工作时专心致志，不让穆浅浅生气；闲暇时，充当穆浅浅的搬运工，从商场大包小包地搬东西回家。

在这个 31 岁却有着一张 21 岁的脸的穆浅浅面前，罗天朗的疼爱和怜惜浓得化不开，他愿意把她捧在掌心，呵护她，如同爱惜自己的生命。

渐渐地，穆浅浅的三居室，成了滋养爱情的根据地。她和罗天朗同进同出，同宿同眠。罗天朗幸福得如在云端，有这样的美人相伴，这一生还有什么不满意的呢？

3

罗天朗发现那个文件夹时，穆浅浅正在浴室里泡澡。

命名是"一别一生"，罗天朗出于好奇，还是看了。

穆浅浅穿着暴露，化着很浓的烟熏妆，涂着艳艳的口红，素白着一张脸，跳着很狂野的钢管舞，仿佛在向电脑前的罗天朗示威。抓杆踢腿，波浪贴杆，在钢管前很放地扭动着身体。周围还有一群男人艳羡的、猥亵的目光追随。罗天朗在那一瞬间心神涣散，穆浅浅一个性感撩人的倒挂金钩，罗天朗再也看不下去。

穆浅浅从浴室出来的时候，罗天朗还在电脑前惊愕着，等到明白他是因为看到这段钢管舞，才这么神色异常，穆浅浅不置可否地笑了，说："怎么了，特工先生？没见过我这么漂亮，是吧？"

罗天朗一直回不过神来。穆浅浅说，跳钢管舞是她的爱好，她最喜欢在一群男人的注视下跳舞，那是最直来直往的目光，不用粉饰太平，不用掩盖目的。

罗天朗不明白，即使是爱好，也没必要录下来吧？穆浅浅大笑，不录下来，我怎么知道我跳得好不好呢？那些男人，只要我穿上演出服，就只会说好。

那一刻，罗天朗有点儿不认识面前的穆浅浅。究竟是怎样的自相矛盾，在这个娇小的身体里左冲右突，让她白天温柔，夜晚狂放呢？

❹

罗天朗和穆浅浅开始争吵，频繁地、不可避免地、伤筋动骨地争吵。

收了性子的罗天朗，再也不容许穆浅浅在那样的声色犬马之所释放自己的妖媚；从来不曾被人束缚的穆浅浅，再也不能接受罗天朗每日在耳边絮叨。

她是穆浅浅，独一无二的穆浅浅，她就喜欢这样的生活，白天和夜晚截然不同，妖媚和纯洁是不同的外衣，它们构成穆浅浅活色生香的双重生活。

而他是罗天朗，曾经玩世不恭，但自从爱上穆浅浅，他就是新好男人。他不会容许自己的女人在那样的场所跳钢管舞，哪怕偶尔一次。

罗天朗和穆浅浅开始尽全力维护自己的尊严，竭力想要说服对方，竭力想让对方明白自己是对的，然而，他们悲哀地发现，彼此都固执己见。

罗天朗接到人事部让他离职的通知时，才想起自己的身份。

他只是一个普通的职员，他的浪漫和痴情显得卑微且拙劣，他的豪宅美妻只是梦想，即便是他认为的特别爱情，也在穆浅浅的强势和固执面前，土崩瓦解。

罗天朗却不忍心放弃这段感情，从穆浅浅开始叫他特工的那一天起，他就在心里认定他和穆浅浅将要经营一段最特别的爱情，他将用尽所有的力量，呵护这段特别的爱。

所以，罗天朗虽然离职了，但他还是选择守护，他希望穆浅浅终有一天可以发现，这样的分裂般的生活，是种折磨，他希望有一天穆浅浅可以放弃那样的声色生活，做自己最完美的妻。

然而，穆浅浅在听到罗天朗这样苦口婆心的劝说之后，大笑着说，你们男人没一个好东西，风情也好，纯洁也好，我就是我自己。

❺

罗天朗知道穆浅浅的过往，是在他接到离职通知之后的一个月。

那一个月间，罗天朗像所有守护爱情的天使一样，呵护爱情，守护穆浅浅。

穆浅浅提起那段往事的时候，泪飞如雨。

原来，在穆浅浅的心里，一直有一个人。她18岁那年爱上他，想过相守到老，却终不能如愿。也许是因为太想得到，而没有得到，在穆浅浅的青春时期留下了巨大的无法修复的伤口。

这些年来，穆浅浅像一只笨拙且迟滞的蜗牛，缓慢地、痛苦地想要把那个人从心里剔除，却并不曾如愿；这些年来，穆浅浅努力工作，做到这个分公司经理的位置，只为了要让那个男人再不能轻视她；这些年来，爱也好，恨也罢，13年的光阴，虽然隔着遥远的距离，却依然在嘲笑着穆浅浅的失意。

穆浅浅在那样的绝望中想过放纵自己，想过报复所有的男人，所以她学会了展现风情，学会了释放妖媚。

换过太多的男朋友，却从来没有一个人像罗天朗一样，在知道她的夜生活之后，选择留守；从来没有一个人像罗天朗一样，面对她完全分裂的两种生活，震惊之后并不鄙视，那些男人像抛弃一件旧物，没有丝毫的不舍和心疼。只有罗天朗笨拙地、执着地想要穆浅浅远离那样的生活，只有罗天朗专心地、固执地像从前一样守护着穆浅浅。

罗天朗拥穆浅浅入怀，坚定地说，爱是最好的疗伤圣药，我能给你的除了爱，还是爱。亲爱的，让你痛苦的，那并不是爱情。

穆浅浅破涕而笑：特工先生，这就是你简单的爱情观吗？

所谓特别，该是惊天动地的吧，而罗天朗，虽被穆浅浅称为特工，所拥有的却只是最凡俗的爱情，那就是：既然爱，就深爱。

不过,也许,这样的非特别爱情才是最美好的吧？平淡,悠远,但却回味久长。

人生素语

　　我们常说，爱一个人就要奋不顾身付出，但我们不能忽略的一点是，真爱带来的是幸福，伪爱带来的是伤害。爱错了人，爱得越深伤害越大，爱对了人，走得越久甜蜜越多，放下爱错的那个人，找一个真正爱自己的人，重新开始有希望和温暖的情感生活，选择权永远都在自己手上。遇到错误的人不是爱情的终点，只是寻找正确爱情的原动力。因为遇见你，我重新爱上了这个世界。

一生为你哭三次

1

爱上徐默时，钟懿正是情窦初开的年纪。16岁，该是人生最美丽的时刻吧，就像人间的四月天，明媚、灿烂。16岁的钟懿爱着16岁的徐默，缄默而又美好。

徐默高大帅气，还是学校篮球队的主力。很多个下午，钟懿托着头，坐在看台上看徐默在球场上奔跑，他运动的样子比任何时候都要帅，充满弹性的肌肉，偶尔露出的天真表情，轻盈的动作，都让钟懿着迷。

那时候的钟懿是个花痴，目不转睛地看着徐默。他跑得大汗淋漓的时候是美好的，他甩头发的时候是美好的，他一跃而起准备灌篮的时候是美好的，他冲着看台上的观众微笑的时候更是美好的。

有时候，徐默会冲着钟懿喊：小懿，接住我的衣服！然后钟懿慌慌地站起来，接住徐默的球衣，如同捧着圣物，把头埋进去，深深沉迷。

那段最干净、最真诚的行动，有个苦涩的名字叫作暗恋。钟懿在那段最纯净的时期有个更纯粹的行动，就是写诗。徐默的每一个表情和动作都是钟懿诗情的萌发之源。

钟懿在校园广播站用精挑细选的歌曲做背景，用她独有的声音演绎着自己为徐默写的诗歌或者散文，感动自己也感动别人。

②

是谁说过，少年时的恋情，是最青涩的果实，只在暗处，忧伤或者疼痛。钟懿的疼痛和忧伤是最隐秘的心事，她心甘情愿地抱着这样的青涩，甘之如饴地度过高中三年最纯粹的日子。

参加完高考的那几天，钟懿度日如年，因为她决定：如果她和徐默考到一个城市，她就向徐默表白，如果考不到一个城市，她就放弃这份青涩的恋情。

几天后，钟懿在校园的宣传栏前哭泣，徐默考取了远在上海的一个重点院校，而她只考取了洛阳的一所普通高校，那遥远的距离让钟懿的爱恋生生折断，她想他这辈子都只是她的初恋了，永远不可能再有任何交集。

钟懿只能把这份爱酿成一坛桂花酒，等待它慢慢发酵、慢慢芬芳，陪伴自己走过不曾光鲜亮丽的青春。

如果，一生可以为你哭一次，那么徐默，这一次，伤心预示着青春遽然结束。

③

钟懿在大学校园很活跃，积极参加各种社团和文体活动，然而让她最痴迷的却是篮球队。

穿着蓝色的球衣，钟懿也开始像徐默那样奔跑、跳跃，只是每次投篮总是无功而返，那个时候她会想起帅帅的徐默。

钟懿就在那样的场景下蹲在球场上，无法起身，心被掏空，如同一块华美的绸缎，一丝丝地抽离，远去，怀着不舍的心疼。

还是牵挂着徐默的吧，钟懿想知道徐默过得好不好，想知道他可曾明白年少时的自己，是怀着怎样中意的心，在暗处默默地喜欢着他，牵挂着他。

然而钟懿亦明白，许多往事都已经随风远去，存在于他们之间遥远的距离无法跨越，终其一生，徐默只可能是自己的一段青春往事。

莫严喜欢钟懿，这在学校是公开的秘密。莫严喜欢打球，更喜欢看球，喜欢看美丽的钟懿在球场上奔跑跳跃，钟懿的心痛莫严看在眼里，痛在心里。所以他不发一言，只把钟懿捧在掌心，像呵护一个珍宝。

帅气且多情的莫严甚至学会了煲汤，他在盛夏，用薏米、绿豆、莲子、百合煲汤，煲出浓浓的甜蜜的味道，而每当这时钟懿总是失神。

年少时，钟懿曾经许下诺言，要为徐默洗手做羹汤，愿意为徐默做任何一件让他开心的事，却没有想到眼前这个高大的莫严也用了这样温情的方式，他是如何知晓自己心事的呢？

莫严是爱着钟懿的吧？寒冷的冬日，他也会煲了排骨汤送到钟懿的宿舍，抑或是捧了烤好的红薯等在宿舍楼下，情人节的夜晚，莫严甚至利用学生会主席的身份，"动员"或者"强迫"了365个同学在操场上举起烛光，摆出一个大大的笑脸。他在笑脸的正中间，大声喊：钟懿，我爱你！钟懿，我希望你365天都快乐！

莫严的表白兴师动众，一帮女生跟着起哄：钟懿，你一点儿都不感动吗？难道你是铁石心肠吗？

钟懿站在窗口，看着操场上硕大的笑脸，听着莫严大声喊的"我爱你"，眼泪不可抑制。

徐默，我以为我的一生只会为你哭一次，却没有想到还有第二次。

这一次，我要忘掉所有你的一切，我要把你贴上封条，封存在心底，永远不再打开。我要接受爱我的莫严，我要珍惜近在身边的爱，而你，将成为永远的过去时。

④

钟懿意外接到徐默的电话，是在大学毕业之后。那时候钟懿在一家公司做文案，她接受莫严刚好一年。

徐默在电话里几乎是狂喜的，他大声喊：钟懿，洛阳的公司签下我了，我能回去了。我要去看你，我要告诉你，我爱你，我可以给你想要的一切……

钟懿拿着听筒，百种滋味上心头，徐默后来的话，钟懿一个字也没有听清，她只听到徐默说"我爱你""我爱你"……

钟懿等待这三个字，等了7年，却没有想到会是在这样意外的场景下。徐默的电话打了一个小时，钟懿迷惑了一个小时。

这一个小时的电话里，钟懿明白了徐默一直都明了自己的一切，只是他说，除非签到正式的工作，否则绝不让钟懿因为自己漂泊无定而担心；钟懿听到了盼望已久的表白，徐默其实是喜欢她的，只是年少轻狂，不敢轻易说爱；而徐默费尽心思签到洛阳的公司，只是因为钟懿在洛阳；徐默说他要向莫严宣战，以一个男人的方式，看谁可以给钟懿最美好的未来，看谁最终赢得钟懿的心。

挂了电话，钟懿的思绪迟迟收不回来。徐默，我已经做好了封存你的准备，为什么你又用这样的方式提起我的青春，提起我的寂寞，提起我心里的苍凉？

⑤

没有快乐是不可能的，毕竟徐默曾是钟懿最纯粹的青春时期，没有任何私心杂念爱上的人；没有犹疑也是不可能的，毕竟莫严已经整整守护了自己五年时间。这五年间，莫严是个天使，他呵护钟懿如同珍宝，从来不曾让钟懿伤心。

钟懿渐渐不安起来，想到徐默，她恨不能飞去告诉他整个青春时期的所有心事；想到莫严，她又觉得自己的彷徨和犹疑是对莫严的不忠。

因为心神恍惚，钟懿的工作频频出错，已经遭到老板的两次批评，就连莫严，也看出钟懿隐秘的心事。

莫严还是深情款款：小懿，你怎么啦？怎么最近脸色这样难看？

钟懿看着莫严，想起徐默的话，看谁可以给自己一个未来，是莫严吗？是徐默吗？她说不清。

钟懿的犹疑没有逃过莫严的眼睛，莫严问：你遇到什么事了吗?

钟懿顾左右而言其他,慌乱地说,莫严,你能许我一个未来吗?

莫严一脸困惑,小懿,我们有最深的爱,这不就是希望吗?这不就是未来吗?

钟懿不再说话,但心里有暗涌的波。

6

钟懿的犹疑没有持续多久,自从徐默打了那个石破天惊的电话之后,每天中午,钟懿桌上的电话总是准时响起。

徐默签好工作了,徐默的单位承诺分给他一套两室一厅的房子,徐默打点好上海的一切了,徐默说终于可以陪着钟懿了,徐默说这些年的努力有了结果,钟懿跟着他会幸福的……

钟懿无法拒绝徐默这样深情的话语声声入耳,短暂的犹疑之后,钟懿向莫严坦白了一切。

莫严并不曾为难她,只是悲凉地说:小懿,如果这都不是爱,我还能做什么呢?

莫严的这句话,让钟懿的心忍不住撕扯般地疼。

钟懿告诉徐默她和莫严分手的消息,徐默在电话里软语温存,小懿,我会给你更多的爱,你等我。我晚上的车,到洛阳大概凌晨三点,你等我。

钟懿辗转难眠,说不清是悲伤还是快乐。

再过几个小时,就可以见到让她身心相牵的徐默,他们有爱,也会有美好的未来吧？自己从年少时就开始憧憬的幸福，真的就在几个小时后真切地握在手中了吗？

钟懿在睡眼惺忪中，被一阵急促的电话铃声惊醒。她一跃而起，兴奋地说：徐默，你到了吗？我去接你！

对方短暂地沉默之后，说，你好，你是徐默的朋友吗？我们刚刚看到死者的身份证和通讯记录，他生前一直在拨打这个电话……

"死者"？"生前"？不，不会的，徐默承诺给我一个未来，他不会出事的！

钟懿歇斯底里起来，不曾听到那位警察所说的交通事故，更不曾听到现场的惨烈。

钟懿赶到事发地点的时候，才知道，那条街，距离钟懿的家只有十分钟的车程。而徐默就在十分钟的距离，和她生死两隔，再也不能给她未来。

钟懿扑倒在那摊血迹前，悲痛铺天盖地而来。如果不是自己的那个电话，徐默不会这么着急从上海往洛阳赶；如果，徐默不是赶着要给自己一个惊喜，他绝对不会坐凌晨三点的那辆车；如果，徐默不是因为旅途疲劳，他绝对不会在事发之时，没顾上避让；如果……

可是再多的如果，都只能是如果，钟懿的泪，大颗大颗地跌落，连成串。

徐默，我多想一生只为你哭一次，却不曾想到还有第三次。

而这最后一次，我除了沉默，只有沉默，然后，离开，忘记，抑或，此生沉迷。

人 生 素 语

初恋是漫漫人生中的一件小事，又是懵懂青春中的一件大事，在没有自我认知与定位的十几岁，生命中撞上的第一个人总会在我们的内心深处荡起涟漪，那个人深深藏在记忆里，谁的青春都曾因初恋而美好，即使日后只剩回忆，也不枉青春一场。哪怕到后来，我们不知道他在哪里，不知道他在做些什么，甚至已经没有机会重新和他相见，但我们至少知道，是他让我们了解了初恋这件小事。

潮打空城寂寞回

1

不知道从什么时候开始，若兰开始觉得自己的心像一潭死水，不再悸动，不再充满激情。

那时候，若兰和良颂正处于结婚7年的生活里，平淡安静毫无波澜。

上班的时候机械地上班，下班的时候机械地做饭吃饭，即使良颂出差好几天，若兰的心里也不会有想念。

睡不着的夜晚，若兰亮着书房的灯，听着音乐上网。有时候写些心情文字，有时候看别人的故事。那些不相关的人在同一个平台上公开自己的吃喝拉撒睡，虽然无聊，却强过和良颂没有任何交流的悲凉。

若兰已经不记得最近一次和良颂的亲热是在什么时候，也已经不记得最近一次倾心交谈是在什么时候。良颂在书房上网的时候，她在做家务；她去上网的时候，良颂去客厅看电视。因为没有共享空间，所以更不可能共享爱情。

若兰时常觉得自己在良颂的眼里只是一件摆设，和桌子、凳子并无区别。最初爱的激情早已在婚姻中消磨殆尽，留下的只是搭伴过日子的庸常。

可是，若兰心理的变化，良颂并不曾注意到。对他来说，婚姻就是保险箱，不用维护，不用经营。相反，他说，若兰不再像从前那样唠叨了，有一种安静的美。

若兰的心里有暗涌的波。真正关心一个人，才会絮絮叨叨地说些爱的甜言蜜语，琐琐碎碎地说些情的温柔废话。不再关心对方，才会沉默，而这种沉默，不是因为安静，而是心进入冬天以后的萧索和悲凉。

这些话，若兰不曾对良颂说起，这种细腻的感情，他体会不到。

❷

若兰注意到"萧若"，是因为自己的每一篇文章都是他第一个留言。

若兰感慨"所谓承诺，是最悲凉的东西，因为未来还不可知，我们却用了最坚定的口气去预测"，萧若说"承诺只能相信，却不能依赖，只能享受，却不能期待。只有这样，承诺才会像童话般完美，像小说般圆满"。

若兰开始猜测这个萧若是个怎样的人，为什么他能写出自己心里的话。很长一段时间，萧若都关注若兰更新的每一篇文章，若兰从来不明白，在网络的那一端，还有个人比良颂关注自己还要多。

若兰的故事，良颂从来都不看，倒是萧若，一直在关注，这让若兰有些许的欣喜和自得。她甚至会为了萧若写更加精致的文字，而这些美丽的文字，也让若兰的心情大好起来，渐渐地便带着温婉的笑容。

良颂看出了她的变化，他说，你开始笑了，不再像从前一样面无表情了。

若兰笑，是啊。是有改变，可惜这次的改变并不是因为近在身边的老公，而是因为远在天边的萧若。

3

若兰和萧若渐渐"熟识"起来，有空的时候，他们会在网上聊得热火朝天，即使良颂站在身后，也从来不曾过问。也许他是太信任他的妻，也许他是不再关心他的妻。

良颂的忽视，让若兰的心里有漫溢的伤感，可是，因为有戏谑、风雅的萧若，良颂的忽视显得无足轻重。因为，若兰会在萧若发过来的搞笑图片和搞怪表情里很快释然。

萧若善于辞令，他关注若兰的文字，和她议论故事情节，总会在恰当的时候，给一个鼓励和提示。若兰晚上睡得更晚了，良颂每每自己睡去，从不进书房喊她。若兰安心地挂在网上，和萧若天南地北地聊。

聊若兰的城市洛阳，聊萧若的城市青岛，都把自己的城市渲染得无比美好，且许下承诺，如果对方能来自己的城市，一定会沉醉其中，再也不忍离开。

因为心里有个遥远的约定，若兰开始有暗许的期待，而青岛，是她最爱的作家连谏居住的城市，莫名地就有了更深的向往。

❹

若兰对萧若的思念来得很强烈，有点儿出乎自己的意料。他们开始说甜蜜的情话，若兰说"繁华夜夜精彩"，萧若说"一眼已知千年"，她的心里真的繁花盛开，这个远在天边的人，清楚地知晓自己隐秘的心事。

萧若的手机微信频繁地传过来："亲爱的，我想你""亲爱的，我的心在你身边""亲爱的，为了我，你要照顾好自己"……

是的，萧若叫若兰"亲爱的"，那些美好的聊天记录，那些甜蜜的短信息，若兰保存着，每次看到这些话的时候，脸红心跳，胸口涌起被宠爱的温暖。

想着萧若，这份罪恶感，让处在婚姻中的若兰痛苦却又快乐，她偷偷地把这团偷情的快乐耐心地发酵、膨胀，近乎陶醉地沉浸在这种幸福中。

她渐渐沉陷其中，语音聊天里开始对萧若撒娇，说这样的电话才是自己最真实的一面。萧若在话筒那边笑得灿烂且暧昧："亲爱的，我们这不叫打电话，这叫谈情说爱。"

"谈情说爱"，是从什么时候开始，若兰开始重新谈情说爱了呢？是从什么时候开始，若兰开始重新激情澎湃了呢？又是从什么时候开始，若兰开始渴望和萧若在一起了呢？

❺

若兰生日那天，收到了萧若寄来的快递，是连谏的五本书《秘密》《魅妆》《爱情不外卖》《迷香》《口香糖男人》。

快递是良颂签收的，若兰一直等着他问是谁寄的快递，可是良颂什么也没问。原来，激情消失真的是太可怕的一件事，可怕到对对方的一切不管不问、不理不睬。

　　若兰感谢萧若的礼物，萧若笑得一脸阳光："亲爱的，我记得你的每一句话，我记得你喜欢这个作家。我想要宠爱你一直到老。"

　　就这一句话，若兰落下泪来。这样的话，已经多久没有听到过？这样的柔情蜜意已经多久没有享受过？若兰突然冲动地说："萧若，我们结婚吧。"

　　萧若斩钉截铁地说："好，我们结婚吧。"

　　那一刻，若兰像是得到奖赏的孩子，快乐得忘乎所以，红晕染红了她的脸，幸福充满了她的心。

6

　　若兰下定了决心要离婚，要打破她结婚七年的平淡格局。和良颂在一起，她是面无表情、没有诗情的苍老妇人，而和萧若在一起，她是妙语连珠、妙趣横生的怀春少女。想起萧若以前说过，他们要做一对妙趣横生的璧人，若兰的心里就有满满的勇气。

　　闹当然是要闹的，良颂不同意，但若兰厌倦了这样微澜不起的生活，任谁也无法唤回。

　　离了婚的若兰，第一时间打电话给萧若："我要去青岛看你。"

　　萧若在电话那边笑："好啊，你会在这儿定居的。"

青岛的流亭机场，萧若热情地拥抱了若兰，说了一句特别煽情的话："亲爱的，我们回家吧。"

若兰和萧若像所有凡俗但却幸福的情侣一样，手牵着手逛遍青岛所有的景点。

在"海上名山第一崂山"，萧若拥着若兰，甜蜜地说："以后咱们要有孩子了，就叫她萧若缘，缘分是最奇妙的东西，因为它连接了我们。"

青岛海底世界，萧若像个孩子，疯玩着，一脸阳光地说："只有和你在一起，我才是快乐的。多希望余生所有的日子，都能像现在这样。"

青岛海滨风景区，若兰凝视着萧若的眼睛说："我要在这儿定居，永远和你在一起。"萧若的吻不管不顾地落下来，深情而又甜蜜。

若兰在青岛的日子，是她这些年以来最快乐的时候，她开始眉眼含情、脸庞带笑。想象余生的日子，会因为萧若而多姿多彩，灿烂无比，若兰就无法收敛自己的欢笑，想要告诉全世界她在这座爱的城市，收获了一生的阳光，拥有了一生的幸福。

7

和萧若走在海边的时候，是若兰感觉最浪漫的时候，海风拂起长发飘在萧若的脸上，他的脸上满是柔情蜜意，满是无怨无悔。若兰觉得这就是天长地久，这就是天荒地老。

眺望着传说中的望夫礁的时候，若兰的人字拖断掉了。萧若做了个很帅的姿势，背对着若兰俯下身去。

　　幸福地贴在萧若的后背上，紧紧地搂着萧若的脖子，若兰说："萧若，我离婚了。"萧若有一瞬间的错愕，他问："亲爱的，你说什么？"若兰小声地重复了一遍"我离婚了"。

　　萧若突然变得面目狰狞起来，皱着眉头说："你有病啊，谁让你离婚的？真幼稚！"

　　萧若松开自己的双手，若兰就从他的后背上跌落下来。她一下子呆立在原地，这么久了，萧若一直是温文尔雅的，一直是体贴知心的，一直是柔情蜜意的，从来不曾大声说过话，却没有想到在这个以为是天长地久的浪漫时刻，萧若会这么狂躁。

　　几乎是决绝地，萧若扔下一句："我还有事，先走了。"就把若兰丢在身后，不再顾惜她断掉的拖鞋，不再顾惜她错愕的眼神。

　　自从告诉萧若自己离婚的消息之后，他就彻底消失了。打电话不接，发消息不回复，青岛这个城市，若兰认识的只有萧若一个人，找不到萧若，她连哭泣的力量都没有了。

⑧

　　本来以为这是座充满爱意的城市，却没有想到青岛，只是一座暧昧空城。本来以为这是一段天长地久的爱情，却没有想到，只是一场风花雪月，和未来无关，只和寂寞有染。

　　走在没有萧若陪伴的五四广场，若兰的泪，在这座暧昧空城，不可抑制地跌落。

　　暧昧容易让人上瘾，无所顾忌、没有责任、没有牵绊、没有负担，一旦确定了暧昧关系，就无法避免情感的交流和碰撞。这种暗自生长的情愫，本身就是一股看似微弱但却可怕的力量，微弱到无力改变爱情走向，却可怕到全面摧毁婚姻进程。暧昧的过程必定会有一方受伤，那是一种锥心刻骨的痛，是明明知道结局，却不愿看清的现实。有"暧昧"这个词的出现，就意味着关系的不确定和未来的无可期，趁早抽身，才是王者之道。